KB118109

기대어 앉은 오후

기대어 앉은 오후

이신조 장편소설

문학동네

차 례

프롤로그

여자는 조금 늦게 도착했다. 남자가 무표정하게 여자의 가방을 받아들었다. 여자가 약속시간에 늦은 것은 고의였다.

그네를 뛰듯 비행기가 이륙했다.

남자는 눈을 감고 있었다. 여자는 단단하고 살집 없는 남자의 무릎을 쥐었다. 남자는 여전히 눈을 감고 있었다. 여자는 고개를 돌려 작고 둥근 창 밖을 내다보았다. 검은 어둠 속 드문드문 노란 불빛이 이어지고 있었다. 산과 강과 집과 나무와 과수원과 바다가 검은 어둠 속에 잠겨 있었다. 그러나 여자는 그 검은 어둠 속을 믿을 수 없었다. 산과 강과 집과 나무와 과수원과 바다 대신 여자는 제가 두고 온 사소하고 익숙한 것들을 떠올렸다. 선물로 받은 천 부채, 발의 모양을 편안하게 기억하는 겨울 부츠, 젖은 흙냄새를 풍기던 창가의 화분, 편지 봉투를 여는 작은 가위 같은 것들. 여자는 제가 좋아하는, 뜨거운 치즈를 끼얹은 스푼 모양의 튀긴 감자도 먹고 싶었다. 검은 어둠, 노란 불빛. 자는 듯 깨는 듯 밤비행기 속의 몇 시간이 흘러가고 있었다. 무엇도 돌이킬 수 없었다.

문득 경련처럼 비행기가 흔들렸다. 잠들었던 사람들이 깨어나 술렁거렸다. 남자가 더듬더듬 제 무릎에 올려져 있던 여자의 희고 단단한 두부 같은 손을 잡았다. 음료수잔이 쏟아졌다. 비행기는 무언가에 의해 장난감처럼 무력하게 휘둘리고 있었다. 어어어어, 승객들이 합창처럼 소리를 질렀다. 다급하게 뛰어다니던 승무원들이 비명을 지르며 고꾸라졌다. 비행기가 흔들렸다. 승객들의 전 생애가 흔들리고 있었다.

여자는 창 밖의 무언가를 보았다. 검은 나비떼, 검은 하늘을 새카맣게 덮은 수십만, 수백만 마리의 검은 나비떼, 검은 나비떼가 비행기를 감싸고 있었다. 여자는 나비떼를 향해 작고 둥근 창을 두들겼다. 그때 푹, 밑이 꺼졌다. 끝없이 끝없이 밑이 꺼지고 있었다. 여자는 검은 나비떼를 향해 마구 창을 두들겼다. 비행기는 무언가와 부딪치고 공처럼 튀어올랐다. 무언가와 부딪칠 때 여자가 들은 것은 분명 갓난아기의 찢어지는 울음소리였다.

매운 연기가 솟아오르고 밤하늘이 열렸다. 여자의 손에는 남자의 무릎만이 남아 있었다. 무릎을 잃은 남자는 어디로 날아갔을까. 비와 우거진 나뭇잎 냄새가 났다. 까맣게 하늘을 뒤덮은 검은 나비떼. 여자는 다시 제가 두고 온 사소하고 익숙한 것들을 떠올렸다. 결국 여자는 남자의 말을 듣지 못했고, 남자에게 아무 말도 하지 못했다. 다행이었다. 수백만의 나비떼가 커다랗고 검은 한 마리 나비가 되어 여자에게 날아오고 있었다. 남자는 헤어지자 말하려 했고 여자는 아이를 가졌다 말하려 했다. 서로에게 영원히 말하지 않게 된 것을 여자는 다행으로 생각했다. 검고 뜨거운 기름이 쿨럭쿨럭 여자의 머리 위로 쏟아져내렸다.

*

바람이 불지 않던 어느 밤, 어두운 부둣가엔 습하고 비린 공기가 고여 있었다. 축축한 바다 안개가 그녀를 감쌌다. 그녀는 길게 널린 그물 너머 희미하게 흔들리는 낡은 동력선들을 바라보았다. 그녀는 추운 듯 어깨를 모으고 종종걸음을 쳤다. 아무렇게나 부려진 생선 궤짝 더미를 지났다. 안개 속에서 꽃잎처럼 반짝였던 것은 어느 생선의 은빛 비늘이었을 것이다.

그녀는 부지런히 걸었다. 불현듯 짙은 안개 사이로 검은 그림자가 일렁였다. 검은 그림자가 다급한 숨을 몰아쉬며 그녀를 쫓고 있었다.

낯선 사내. 낯선 사내가 그녀에게 붉은 잇몸을 보이며 웃고 있었다. 그녀는 뒷걸음질쳤다. 짙은 안개가 끈적한 점액질처럼 그녀를 감싸 옭아맸다. 그녀는 순간 이 공포의 끝을 직감했다. 낯선 사내가 그녀에게 다가왔다. 그녀의 눈앞에 다가온 검고 큰 입술, 쉰 술냄새가 풍겼다. 사내의 손아귀가 쇠갈고리처럼 그녀를 낚아채 검고 어두운 빈 창고로 데려갔다. 돌이킬 수 없는 소리를 내며 창고의 철문이 닫혔다. 풀썩, 검은 먼지가 일었다. 사내가 그녀의 팔을 뒤로 꺾어 혁대로 묶었다. 그녀는 간신히 외마디소리를 내질렀다. 사내가 그녀의 머리채를 움켜잡고 마구 흔들어댔다. 그녀는 더없는 무력감에 눈을 감았다. 그녀는 제 흰 젖가슴 위의 사내의 검은 손을 믿을 수 없었다. 쨍강, 회칼이 바닥으로 떨어지는 소리가 났다. 사내의 거친 옷자락과 쇠 지퍼가 아프게 그녀의 몸을 쓸어내렸다. 그녀의 쇄골과 발목엔 옷 뭉치가 허물처럼 겹겹이 말려 있었다. 갈고리 같은 손이 그녀의 팔뚝을 비틀고 쥐어짰다. 사내가 함부로 워커 발을 움직여 그녀의 가랑이를 벌렸다. 사내의 성기는 델 것처럼 뜨거웠다. 그녀의 눈앞에 놓여진 날이 선 회칼. 사내는 자궁을 뚫을 기세로 깊숙이 성기를 넣어 눈물 같은 정액을 쏟았다.

　차가운 바닥 위에 그녀는 혼자 남았다. 낯선 사내는 영원히 돌
아오지 않았다.

그후로도 오랫동안

중년 여자는 찐만두를 주문한다.

주문을 받은 아르바이트 여학생은 '이인분'이라고 적은 계산서를 작은 탁자 위에 올려놓고 주방 쪽으로 걸어간다. 중년 여자는 아르바이트생의 뒷모습을 좇아 분식점 주방을 들여다본다. 탑처럼 쌓아올린, 만두를 찌는 둥근 은빛 찜통. 안개처럼 흰 김이 뿜어져나오고 있다.

아르바이트 여학생이 중년 여자 앞에 이인분의 찐만두와 단무지와 간장 그릇을 내려놓는다.

중년 여자가 젓가락으로 들어올린다. 문득 동작을 멈춘다. 찐만두. 뜨거운 김을 뿜어내는, 얇고 젖은 가제 위에 올려진 둥근 만두. 만두는 눈 코 입이 으깨어져 지워진 누군가의 얼굴 모양을 하고 있다. 무참히 일그러진 누군가의 흰 얼굴. 중년 여자는 참을 수 없다. 기운 없이 젓가락을 내려놓는다.

"잠깐만요."

돌아서려던 아르바이트생이 성의 없이 고개를 돌려 중년 여자를 바라본다.

"이거, 다른 만두는 없어요?"

"네?"

"이건 너무…… 왜, 길쭉한 만두도 있잖아요?"

"찐만두 주문하신 거 아녜요?"

"……"

중년 여자는 한참을 머뭇거리다 젓가락을 놀려 누군가의 일그러진 얼굴 같은 만두 한 개를 집어먹는다. 아르바이트생이 주방 안에 있던 러닝셔츠 차림의 남자에게 무어라 귓속말을 하고 있다. 중년 여자는 으깨어진 돼지고기와 부추와 당면과 후추와 마늘을 오래도록 우물거린다.

이인분의 만두를 거의 남긴 중년 여자는 서둘러 계산을 하고 분식점을 빠져나온다. 거스름돈을 건네는 아르바이트생은 께름칙한 표정을 지었지만, 중년 여자의 주머니 속에 탁자 위에 놓여 있던 기름때 낀 이쑤시개통이 들어 있으리라곤 상상하지 못한다.

"……아니, 아니. 엔지."

화면이 멈춘다. 화면 속의 남자는 소녀의 검은색 그물 스타킹을 벗기는 동작에서 정지 상태다.

젊은 여자는 헤드폰을 벗고 짐짓 식은 커피를 한 모금 마신다. 조금 흘린다. 젊은 여자는 붉은색 낡은 카펫 위, 자기처럼 혼자 이 녹음실에 들어왔었던 여러 사람들이 NG를 내고 흘린 커피 얼룩을 내려다본다. 텔레비전 수상기와 마이크, 의자 하나가 전부인 좁은 녹음실. 언제나 눅눅하고 퀴퀴한 곰팡내가 난다.

"다시 한번 갑시다."

스피커에서 녹음기사의 목소리가 들려온다. 젊은 여자는 녹음기사의 얼굴을 본 적이 없다. 인사를 나눈 적도 없다. 그의 나이도 모습도 종잡을 수 없다. 이 좁고 어두운 녹음실에는 창이 없다. 제 손등을 입술로 빨며 키스 음을 녹음할 때나, 고개를 젖히고 잔뜩 인상을 찡그릴 때면 녹음실에 창을 내지 않은 누군가의 현명함을 생각한다. 그러나 가끔 젊은 여자는 이 벽 너머 더빙되고 있는 포르노를 보며 녹음기사가 수음을 하고 있는 건 아닐까 상상해보기도 한다.

화면이 거꾸로 돌아가기 시작한다. 그물 스타킹 속으로 들어갔던 남자의 손이 소녀의 젖가슴으로 옮아간다. 부자연스러운 동작으로 남자가 소녀의 배꼽을 핥는다. 화면이 거꾸로 돌아가고 소녀를 겁탈하던 남자는 오히려 소녀에게 옷을 입히는 꼴이다.

젊은 여자는 이면지에 복사된 대본을 들춰본다. 야쿠자가 등장하는 일본의 싸구려 포르노에는 손가락을 자르거나 할복하는 장면이 빠지지 않는다. 야쿠자에 의해 일본으로 팔려온 동남아의 어린 창녀가 고약한 신고식을 치르고 있다. 영화는 대체로 더럽다. 젊은 여자는 소녀의 검은 피부와 들창코를 바라본다.

그러나 화면 속의 소녀는 절정의 순간, 웃는다. 젊은 여자는 당혹스럽다. 울 듯이 이어지는 콧소리의 교성이 아닌, 웃음소리. 물론 깔깔거리는 것은 아니다. 하지만 소녀는 분명 웃는다. 들창코를 벌름거리며 웃는다. 왜 웃는 걸까. 젊은 여자가 자꾸 NG를 내는 것은 이 기묘한 웃음소리 부분이다.

"리얼하게, 알죠?"

녹음기사의 주문은 언제나 같다. 리얼하게. 그러나 젊은 여자는 난처하다. 잘 웃지 못한다. 녹음기사는 자꾸 화면을 멈추고 앞으로 뒤로 정신 없이 화면을 돌린다. 더빙 시간이 길어지고 있다.

소녀의 웃음소리를 듣고 검은 옷을 입은 세 명의 야쿠자가 방으로 들어온다.

P백화점

9월 중순에 접어들었지만 가을은 좀처럼 깊어지지 않고 있었
다. 빈약한 가로수들이 차창을 지나쳐간다. 오래된 얼룩 같은 풍
경. 희뿌연 창 밖으로 시선을 주며, 윤자(允子)는 이제 계절의 이
름이란 단지 달력 숫자의 의미 없는 경계에 불과할 뿐이라고 생
각해본다. 불현듯 겨울이 시작될 것이다.

어디를 둘러보아도 붉고 아득한 지평선뿐인 자갈 사막. 그 을
씨년스러운 황무지 한복판에 우뚝 솟아오른 거대한 성(城), P백
화점. 성은 신비하다기보다는 기괴스럽다는 인상을 준다. 윤자는
백화점 건물 전면에 늘어뜨려진 붉고 거대한 플래카드를 올려다
본다. 'SALE : DUTY-FREE', 그리고 그 아래의 느닷없는 조형물—

청동 마차를 끌고 가는 두 필의 청동마, 말들은 눈을 가렸다. 검고 푸른 청동 마차를 탄 이 성의 주인, 아무도 성주(城主)의 얼굴을 본 적이 없으리라. 청동 조형물 둘레를 장식한 네온이 분수형으로 솟구치며 깜빡이고 있다.

돌아갈까. 집을 나설 때부터 윤자는 자신이 망설이게 되리라는 것을 짐작하고 있었다. 신도시로 이사온 후 제일 그럴듯한 이유의 외출인 셈이었다. 그 그럴듯하다는 것에 좀 자신이 없긴 했지만 말이다.

스포츠센터는 백화점 꼭대기 12층에 있었다.

백화점 1층. 화려하게 불을 밝힌 샹들리에와 색색의 보석들, 장신구들, 외제 화장품 매장의 인형 같은 점원들, 이태리와 프랑스와 영국의 이름을 빌린 아름다운 물건들. 실크와 가죽과 특정 브랜드의 촉감과 냄새와 발음. 그런 것들이 자아내는 우월한 분위기에 기가 죽을 만큼 윤자에게 금전적인 불만이 있는 것은 아니다. 그러나 그 모든 화려한 것들이 자아내는 어떤 기만적인 느낌. 윤자에겐 그것을 애써 거부하고 싶다는 엉뚱한 반항심이 일었다.

백화점은 언제나 축제였다. 마지막으로 백화점에 들렀던 것은 일 년 전쯤의 일이다. 백화점은 여전히 화려하고 여전히 세련되고 여전히 흥성거린다. 윤자는 그 여전하다는 것이 어쩐지 좀 두렵고, 한편으론 좀 우습다 생각된다.

초행길의 백화점에서 엘리베이터를 찾지 못할 만큼 길눈이 어두운 것은 아니었지만, 윤자는 에스컬레이터로 향한다. 금빛 거울 문의 고속 엘리베이터 앞에 사람들이 모여 있다. 윤자도 그들처럼 엘리베이터를 타고 단숨에 12층으로 올라갈 수 있다. 그러나 애써 거부하고 싶다. 윤자는 눈을 가린 검고 푸른 청동마를 생각한다.

에스컬레이터로 오르는 12층은 느리고 멀었다. 돌아갈까, 돌아가야겠다 마음을 먹고 6층과 10층에서 몸을 돌려 세웠지만 에스컬레이터는 윤자를 계속 위층으로 밀어올렸다. 백화점은 밝고 더웠다. 줄줄 녹는 아이스크림을 손에 쥔 아이와 부딪칠 뻔했다. 등 떠밀리듯 윤자는 12층에 올라섰다.

하루에도 수차례 유리 세척제로 깨끗이 닦아내기를 반복할 것 같은―그리하여 그 일의 담당자는 종일 신경이 곤두서 있을 게 분명한―투명한 유리문 앞에서 윤자는 다소 가쁜 숨을 고른다.

윤자는 그 투명한 유리에 부러 손자국을 내며 문을 열었다.

밝은 색감의 원목으로 장식된 쾌적한 실내. 상쾌한 방향제 냄새가 났다. 여직껏 한 번도 스포츠센터를 기웃거려본 적 없는 윤자였지만, 재벌 그룹의 이름을 내건 스포츠센터는 한눈에도 상당한 시설과 규모로 꾸며져 있음을 알아볼 수 있었다.

"어서 오십시오. P스포츠센터입니다."

유리문 맞은편 책상에 유니폼을 단정하게 입고 앉아 있던 여직
원이 윤자에게 잘 훈련된 미소를 지어 보인다. 아가씨가 저 유리
문을 매일 닦겠군요.

언뜻 물이 보였다. 거대한 물. 여직원의 등 뒤편은 커다란 유리
벽이었다. 그 너머로 내다보이는 스포츠센터의 수영장. 점점이 사
람들이 떠 있는 커다란 하늘색 풀장. 윤자는 빛의 굴곡으로 바닥
이 어른거려 보이는 하늘색 풀장을, 12층 허공에 떠 있는 거대한
물을 내려다보았다. 물의 뜻밖의 등장. 놀랍거나 반가운 것은 아
니다. 어떤 새삼스럽고 공교로운 느낌. 윤자는 천천히 눈을 감았
다 떴다. 홀리듯 유리벽 가까이로 다가섰다. 들려서 듣는 것이 아
니라 애써 귀기울이는 것처럼 윤자는 물을 바라보았다. 크고 반
듯한 사각형 속의 끊임없는 출렁임. 작은 잔 속의 술처럼 가만히
있지 못하고 물은 끊임없이 출렁이고 있었다. 문득 윤자는 졸립
다. 물은 흐르고 싶은 것이다.

"수영말고도 스쿼시, 에어로빅, 헬스, 볼링, 여러 가지가 있습니
다, 손님. 여기 회원 가입 신청서 작성해주시면 되는데요."

여직원은 백화점 스포츠센터를 소개하는 광고지와 회원 가입
신청서를 윤자에게 내민다. 윤자는 광고지를 받아 들고 손님용으

로 마련된 천 소파에 앉는다. 여직원이 정수기에서 찬물을 뽑아 윤자에게 건네준다. 윤자는 건성으로 광고지를 훑어내린다.

높이뛰기는 없다. 물론 짐작하고 있었다. 높이뛰기가 스포츠센터의 강좌로 개설되어 있을 리 만무했다. 그럴듯한 외출의 이유. 오늘 스포츠센터에 가서 높이뛰기를 신청했어요. 일 주일에 세 번 코치가 직접 개인지도를 한다잖아요. 훌쩍 이 미터쯤 뛰어넘는 건 문제도 아닐 거예요.

"두 종목을 같이 하시면 가입비도 면제되고 이십 퍼센트 할인이 됩니다, 손님. 또래 주부님들이 대부분이시니깐 수영이나 에어로빅이 무난하실 거예요."

돌아갈까, 윤자는 난감한 표정으로 여직원의 눈맞춤을 외면한다. 다시 유리벽 너머의 하늘색 수영장으로 눈길을 준다. 어떻게 저 많은 물을 가두었을까. 기울였던 귀를 틀어막듯 윤자는 눈을 감는다. 그러나 눈꺼풀의 안쪽, 검은 스크린에 파랗게 물이 차오른다. 출렁이며.

윤자는 회원 가입서를 작성하다 문득 집 주소가 떠오르지 않아 잠시 머뭇거린다.

엉겁결에 잘못을 저지른 아이가 수습할 수 없는 상황에 몰린 것처럼 윤자는 여직원이 안내한 곳에서 수영복과 물안경, 에어로빅 운동복과 실내화 등속을 하릴없이 구입한다. 여직원은 수영복은 검은색을, 에어로빅 운동복은 형광 녹색을 골라주었다.

여직원은 친절한 말씨로 며칠 뒤의 개강 날짜를 일러준다. 수영이라니. 이번에도 윤자는 그 며칠 동안 자신이 두고두고 망설이리라는 것을 알 수 있다. 신용카드를 닮은 딱딱하고 납작한 플라스틱 회원증을 받아들고 스포츠센터를 나오면서, 윤자는 처음으로 여직원에게 묻는다.

"아가씨, 여기 엘리베이터 타는 곳이 어디죠?"

윤자는 지하 식품매장으로 내려간다. 엘리베이터 문이 열리고 갑작스럽게 나타난 거대한 식료품의 숲. 식품매장은 요즘 유행하고 있는 창고형 대형 할인매장으로 꾸며져 있다.

윤자는 잠시 막막하다. 그 옛날 드넓은 숲과 들판을 누비며 먹거리를 찾아 헤매었을 수렵 채집인들의 모습이 떠오른다. 본 적은 없지만 떠오른다. 그들 역시, 식품매장의 쇼핑객들처럼 심각한 표정으로 주위를 두리번거리며 분주히 움직였을 것이다. 윤자는 조금 전에 보았던 수영장을 생각한다. 이 성의 지하엔 숲이, 꼭대기엔 물이 있다. 불안한 형국이다.

윤자도 바퀴 달린 철제 카트를 밀며 다른 사람들과 비슷한 표정으로 주위를 두리번거린다. 생사를 건 수렵 채집인도 쇼핑의 심각함을 알았을까.

윤자는 철제 카트 안으로 인스턴트 만두와 올리브유, 세 개의 캔이 하나로 포장된 스팸, 양배추 반 포기, 양파 한 자루를 집어 넣는다.

윤자는 이사 오기 전 십수 년을 다녔던 오래된 동네의 재래시장을 떠올린다. 따뜻한 두부를 과도로 잘라 팔던 손두부집, 청어 알젓이 맛있던 젓갈집, 건어물은 언제나 부산상회였다. 검은 때가 낀 손톱으로 종일 마늘을 까거나 도라지를 다듬고 있던 노파들. 오늘은 미나리가 좋네, 그러지 말고 천원에 두 개 줘요, 이게 진짜 쥐눈이 콩나물이야 딴 거랑 틀리다구, 비싸도 두릅은 일 년에 한 번 맛보는 건데…… 이곳이 그곳과 다른 점이 있다면 말없이 장을 볼 수 있다는 점일 것이다. 배고픈 수렵 채집인의 침묵. 윤자도 입을 다물고 바퀴 달린 카트를 민다.

생선 파는 곳에서 싱싱해 뵈는 굴을 들여다보다가 윤자는 손가락으로 고등어 자반을 가리킨다.

육류 시식 코너에서는 양념에 재운 돼지갈비를 굽고 있다. 윤자는 머릿수건을 두른 또래의 점원이 내민 갈비 한 점을 받아 먹는다. 댁에도 저녁 준비할 시간이겠어요, 묻지 않는다. 고기를 꽂았던 이쑤시개를 내려놓으며 냉장고의 냉동실에 더이상 고기를 집어넣을 자리가 없다는 것을 떠올린다. 점원의 간절한 눈길을 외면한다.

커다란 과자 봉지가 백 개쯤 쌓여 있는 곳을 지나며 윤자는 문득 피로를 느낀다. 그럴듯한 이유의 외출이 되었는지는 모르겠지만 최근 들어 가장 긴 외출이었음은 틀림없다.

윤자는 계산대 앞으로 카트를 들이민다. 계산대 앞에는 초콜릿과 껌, 캐러멜과 사탕 따위의, 충동구매를 부추기는 군것질거리가 진열되어 있다. 윤자는 계산대의 점원을 바라본다. 능숙하게 계산기를 두드리고 커다란 비닐봉지에 물건을 집어넣는 무표정한 몰두. 윤자는 진열대로 손을 뻗는다. 무언가를 집어든 윤자의 손은 카트 속이 아닌 주머니 속으로 들어간다. 점원은 몇만원어치 식료품을 구입한 윤자가 몇백원짜리 과자를 훔쳤으리라 추호도 의심하지 않는다.

백화점에서 운영하는 무료 셔틀버스 앞에 길게 줄이 늘어서 있다. 윤자는 비닐봉지를 양손에 나누어 들고 셔틀버스 유리창에 붙은 행선지를 확인하느라 종종걸음으로 주차장을 맴돈다. 윤자는 자신이 사는 아파트 단지로 향하는 셔틀버스를 찾아낸다.

문이 열리고 비슷비슷한 중년 여자들이 백화점 마크가 새겨진 쇼핑백과 비닐봉지를 들고 버스 계단으로 올라선다. 얌전히 넥타이를 매고 흰 장갑을 낀 운전기사가 손님들에게 일일이 어서오십시오, 인사를 한다. 산뜻한 회색 제복이 제법 멋져 보이기까지 한다. 버스 운전기사라기보다 낭만적인 마도로스쯤이 어울릴 듯한 모습이다. 운전기사는 마이크를 들고 출발 시간과 도착 시간, 소요 시간과 운행 구간 등을 친절하게 설명하고 차 문을 닫는다. 서비스업에 종사하는 사람들은 날로 치밀해지고 있다. 그 철저히 훈련된 치밀함에서 느껴지는 고단한 서글픔. 윤자는 그것을 서글픔으로 받아들이는 자기 자신이 별수 없는 구식이라 생각된다.

윤자는 주머니 속을 뒤적거린다. 계산대 앞 진열대에서 훔친 물건은 포장지에 만화 캐릭터가 그려진 풍선껌이다. 씹을수록 색깔이 바뀌어요—요술 풍선껌. 약간의 어이없음과 열패감. 윤자는 포장지를 벗기고 껌을 반으로 접어 입 안에 집어넣는다. 열대과일 맛이라는 풍선껌은 지나치게 시어 저절로 미간이 찌푸려진다. 기왕이면 연양갱이나 박하향의 껌을 집어들었어야 했다. 풍선껌이라니. 윤자는 우물우물 풍선껌을 씹는다.

버스가 막 움직이기 시작했을 때, 다시 문이 열리고 약간 겸연쩍은 표정으로 젊은 여자가 버스에 올라탄다. 젊은 여자는 백화점 쇼핑백 대신 배낭 모양의 갈색 핸드백을 어깨에 메고 있다. 단순한 디자인의 크림색 스커트 정장은 저녁 장을 보러 나온 차림새가 아니다. 젊은 여자는 빈자리가 남아 있지 않은 버스 안을 두리번거리다가 윤자가 앉아 있는 앞 좌석의 손잡이를 잡고 옆으로 비껴 선다.

선이 가는 몸매, 엷은 화장은 조금도 얼룩지지 않았다. 이목구비가 뚜렷한 미인형은 아니었지만, 이목구비의 희미한 윤곽선들이 묘한 조화를 이루는 얼굴이었다. 윤자는 이 젊은 여자가 낯익다.

신도시 아파트로 이사 온 지 한 달여. 윤자가 이곳에서 얼굴을 익힌 사람은 다섯 손가락을 채우지 못했다. 식구는 단출하니 셋뿐이신가 보네. 부녀회도 나오고 하세요. 쓰레기 소각장 문제로 궐기가 있을 거예요. 다 같이 참여를 하셔야 되거든요. 서류철을 들고 도장을 받으러 와 이것저것 말을 시키던 반장은 사십대 중반이었다. 삼교대를 한다는 아파트 경비 중에 나이가 제일 많아 보이던 노인도 얼굴을 알아볼 수 있었다. 아파트 단지 상가의 슈퍼마켓 여자였나. 아니 그 여자는 아무리 젊어도 서른을 넘겼을 얼굴이다. 친절한 셔틀버스를 타고 십 분 거리의 P백화점을 이용한다면 이제 그 슈퍼마켓에 들르는 일도 뜸해질 것이다.

윤자는 힐끔힐끔 젊은 여자를 쳐다본다. 껌은 어느새 단물이 빠져 있다.

아파트 단지 입구에 버스가 멈추고 운전기사는 이번에도 일일이 안녕히 가십시오, 인사를 한다. 버스가 쏟아놓은 한 떼의 사람들 속에서 윤자는 젊은 여자를 눈으로 좇는다. 불 켜진 제 아파트 베란다로 한 번씩 눈길을 주고 종종걸음을 치는 여자들과는 달리 젊은 여자는 아파트 단지의 담장을 따라 지하철 역 쪽으로 걸어간다. 윤자는 시야에서 사라지는 젊은 여자를 끝내 기억해내지 못한다. 윤자는 어색하게 혀를 놀려 풍선을 불어본다.

기상이변

　복잡한 버스는 저녁의 도심을 달리고 있다.

　은해(恩海)는 버스기사의 안내 방송이 무책임하다 생각한다. 서너 정거장 전에 나왔어야 할 안내 방송이 이제야 뒤늦게 스피커를 통해 들려온다. 반주를 놓쳐버린 노래방 화면의 가사처럼 정류장과 안내 방송이 자꾸만 엇갈리고 있다. 지금 방송된 '사거리 시장'은 조금 전에 지나온 참이다.

　요란한 간판 불빛들 사이로 힘겹게 어둠이 깃들고 있는 저물녘, 출근길이었다. 은해와는 달리 대부분이 퇴근길인 버스 안 승객들의 얼굴은 지치고 피로해 보인다.

　은해는 자신에게 뒷모습을 보이고 서 있는 양복 차림의 남자에게 눈길을 준다. 가방을 든 왼쪽으로 삐뚜름하게 기울어진 그의 윗도리는 후줄근하니 무거워 보인다. 버스의 움직임에 맞춰 그의 하체가 기운 없이 앞뒤로 흔들리고 있다. 책상 밑으로 다리를 꼬며 기다렸을 퇴근 시간. 무릎이 꺾이는 양복 바지 뒷부분에 회초리 자국처럼 가로 주름이 여러 줄 잡혀 있다.

아침 일찍 시작되었을 그의 하루, 어제와 같았을 오늘 하루, 별로 달라질 것 없는 내일을 떠올리며 그의 앞모습은 차창 밖으로 애써 무심한 시선을 던지고 있을 것이다. 은해는 그 표정까지 상상해보고 싶지 않다 생각한다. 문득 남자가 가방 속에서 소형 카세트를 꺼내 작동시킨다. 그의 귀에 엄지손톱만한 이어폰이 걸린다. 은해는 그가 별로 달라질 것 없는 내일을 견딜 수 없어하며, 퇴근 후 영어 학원에라도 다닐지 모르겠다고 짐작해본다. 아니 그저 길거리에서 구입한 불법 복제 댄스곡 메들리일 수도 있다. 남자의 귀에 걸린 이어폰을 그 누구도 제 귀로 낚아챌 수는 없는 노릇이다.

내일 새벽, 은해 역시 남자처럼 후줄근한 차림으로 뻑뻑한 눈가를 문지르며 퇴근할 것이다. 뻔한 짐작만이 가능한 모습으로.

안내 방송은 계속 정류장과 엇갈린다. 은해는 다소 염려스러운 눈길로 승객들을 살펴본다. 그러나 내릴 곳을 몰라 허둥대는 사람이 있나 살피기엔 버스 안이 너무 복잡하다. 듣고 있던 라디오 방송이 중간중간 끊기는 것이 거슬렸는지 버스기사는 성의 없는 안내 방송마저 중단해버린다.

백화점 셔틀버스를 타지 못했다면 지각을 했을지도 모를 일이었다. 출근길에 내린 충동적인 결정이었던 만큼 시간이 빠듯했다. 가방 속에는 스포츠센터의 회원증과 심플한 디자인의 새 수영복이 들어 있다.

승객들의 목소리는 들리지 않는다. 모두 일행 없이 혼자인 모양이다. 그러나 저녁의 버스는 승객들의 옷깃에서 묻어나는 후줄근함에, 그 후줄근함을 벗어던지고 싶은 피곤한 욕구에 왠지 소란스럽다는 느낌을 준다. 제각기 낡은 구두 속의 부은 발가락을 꿈지럭거려보는 소란스러움.

"그렇다면 기상이변이란 우리가 그 심각성을 실감하지 못하는 사이에 조금씩 조금씩 진행되고 있다는 말씀이시군요?"

그것은 P백화점의 밝고 화려한 소란스러움과는 사뭇 다른 느낌의 소란스러움이었다. 음악을 잘 틀어주지 않는 이 라디오 채널처럼.

"그 점이 아주 우려되는 부분입니다. 최근 10년 사이에 지구의 평균기온이 약 2도쯤 상승했습니다. 10년에 2도, 뭐 별 거 아니구나 하기가 쉽겠죠. 하지만 잘 생각해보십쇼. 10년에 2도씩, 3도씩 높아져 앞으로 30년, 40년이 흐르면 지구의 평균기온이 지금보다

10도나 높아진다는 얘깁니다. 아주 심각한 문제가 아닐 수 없어요. 그렇게 되면 말 그대로 기상이변에 의한 자연 재앙이 세계 곳곳에서 일어나게 될 것입니다."

자리가 났다. 은해는 어깨에 메고 있던 배낭 모양의 갈색 핸드백을 벗어들고 빈 좌석에 앉는다. 트로트 음악 방송이 아닌 대담 프로에 버스기사가 귀를 기울이고 있었다는 건 좀 의외라는 생각이 든다. 기상 전문가쯤으로 여겨지는 출연자의 말투는 제법 위협적으로 들린다.

"남극과 북극의 빙하가 녹아 해안 지방은 물에 잠기고, 높은 온도로 인해 지구 곳곳이 사막으로 변할 것입니다. 생태계의 질서가 완전히 무너지는 것이죠. 심각성을 인식하지 못하는 사이에 조금씩 조금씩 지구의 자연 환경이 변하고 있습니다. 이 기상이변은 앞으로 인류에게 핵전쟁보다 더 큰 위협이 될 수 있단 얘깁니다."

은해는 졸립다. 아직 낮밤이 뒤바뀐 생활에 완벽하게 적응이 된 것은 아닌 모양이다. 버스는 가끔 전용 차선으로 끼어드는 승용차에게 신경질적인 반응을 보이며 거칠게 움직인다. 운전기사는 자신의 노년, 기상이변이 가져다 줄 속수무책의 재앙을 불안해하며 기분 나쁜 상상을 하고 있는지도 모른다.

"참 심각한 문제가 아닐 수 없군요. 최근 우리나라에도 영향을 미치고 있는 엘니뇨나 라니냐도 그런 기상이변의 하나일 텐데요. 그렇다면 기상이변에 대처할 수 있는 방안에 대해서 한말씀 부탁드립니다."

"네. 우선 기상이변에 대한 심각성을 깨닫는 게 먼저입니다. 지금은 비록 우리가 그에 따른 피해를 직접 체감하고 있는 단계는 아닙니다만……."

갑자기 라디오 방송이 끊기면서 엉뚱한 곳의 정차 안내 방송이 들려온다. 높고 코맹맹이 소리를 내는 여자의 안내 방송은 다소 민망한 느낌을 준다. 운전기사는 안내 방송을 연달아 틀며 정류장과 방송을 맞추어나간다. 은해가 내려야 할 바로 전 정류장의 이름이 정차할 곳과 맞게 들려온다.

다시 라디오 방송이다. 난데없이 이어지는 요란한 시엠송들. 기상이변은 끝난 모양이다.

은해는 기상이변에 대처하기 위한 방안이라는 것이 무엇인지 조금 궁금하다 생각하며 버스에서 내려선다.

은해는 회사 입구까지 걸어가며 '10년에 2도'를 계산해본다. 은해가 태어나던 25년 전에는 지구가 지금보다 5도쯤 시원했다는 얘기다. 그 시원함을 기억할 수 있을까.

10년에 2도, 1년에 0.2도, 한 달에…… 0.017도, 은해는 자신의 암산을 의심하며 엘리베이터에 오른다. 하루에 0.0005도 더워지고 있다. 오늘이 어제보다 0.0005도 덥다는 얘기다. 내일은 또 오늘보다 0.0005도 더울 것이다.

엘리베이터는 사람들로 가득 찬다. 은해는 누군가의 목덜미에 내려앉은 흰 비듬을 본다. 10년에 2도씩 더워지고 있는 지구를 식히기 위해 할 수 있는 일이란 얼마나 공소한 것인가. 은해는 10층에 내려선다. 복도의 환기창으로 저녁의 거리가 내려다보인다. 노란 가로등 아래 붉은 등을 밝히고 길게 늘어선 자동차들. 모두 조금씩 더워지고 있는 지구에 더한 열기를 보태겠다는 듯이 부르릉거리고 있다. 지구는 반드시, 꼭 더워질 것이다.

은해는 탈의실에서 오후 근무를 끝내고 퇴근 준비를 하고 있던 미스 진을 만난다. 미스 진은 파운데이션 케이스를 들여다보며 화장을 고치고 있다. 미스 진은 은해에게 미소를 짓는다. 야릇한 공모자의 미소. 은해는 저 미소가 싫다.

"자기, 알아? 최 대리 결혼한대."

은해는 사물함 문을 닫지 못한 채 동작을 멈춘다. 미스 진의 말투가 너무나 심상스러웠기 때문에 은해는 천천히 말뜻을 되새겨본다. 최 대리. 최 대리가 결혼을 한다. 0.0005도가 아닌 2도쯤, 10년치 기온이 한꺼번에 올라간 것 같다. 더운 현기증에 은해는 사물함 문고리를 더듬더듬 움켜쥔다. 최 대리 결혼한대.

"전에 회사에서 사내 커플이었다나 봐. 얌전하게 샌님처럼 생겨가지고는 여자 없는 척하더니만. 내 그럴 줄 알았어. 그나저나 이달은 왜 이렇게 부조금 낼 데가 많은 건지……."

은해는 문고리를 움켜쥔 제 손등을 바라본다. 처음 최 대리를 만났을 때처럼 머릿속에 퐁퐁 물수제비가 떠지는 것 같다. 그날 밤. '은해'를 발음하던 최 대리의 목소리와 푸른 상추와 엷은 위액 냄새와 굳은살 없던 부드러운 팔꿈치. 그리고 채 마르지 않은 양말을 다급하게 신던 섬세한 맨발. 은해는 그 모든 것을 분명하게 기억하고 있다. 최 대리가 결혼을 한다. 은해는 참을 수 없이 덥다. 무언가 뜨거운 덩어리가 목울대를 치밀어오른다.

"왜 그래?"

은해는 당혹스러움을 드러내지 않기 위해 미스 진에게 미소를 지어 보인다. 조금 의아하다는 미스 진의 표정이 이내 예의 미소로 바뀐다. 은해는 저 미소가 싫다.

은해는 사물함의 문을 닫는다. 철제 문이 덜컹 소리를 내며 닫힌다. 문과 문틀의 아귀가 꼭 들어맞는다. 은해는 억울하다. 그러나 돌이킬 수 없는 무언가가 가슴을 훑고 지나가는 느낌을 받는다. 그것은 너무나 확연한 느낌이다. 문이 영원히 닫혀버렸으리라는 두려움. 은해는 잠긴 사물함의 문고리를 잡아당겨본다. 눈앞이 새하얗다. 돌이킬 수 없다.

"그나저나 민 사장 얘기 들었지?"

미스 진은 목소릴 한껏 낮춰 귓속말로 속삭인다.

"자기 칭찬이 대단해. 진짜 일급 성우 뺨친다는 거야. 후훗, 연기도 리얼하고."

대단하다고 말하며 미스 진은 엄지손가락을 치켜 장난스럽게 은해에게 들이민다. 그 엄지손가락을 보자 은해는 이내 역겨움이 인다. 지난번 더빙했던 두 편 중 하나의 제목이 '엄지맨'이었다. 주인공은 깊게 쌍꺼풀진 눈에 대머리가 어색하던 중년 남자였다. 영화 속에서 엄지맨은 그의 별명이었다. 저급한 음담패설 같았다. 교성을 지르던 여자들이 항복하듯 엄지손가락을 들어올릴 때까지 엄지맨은 관계를 멈추지 않았다.

"숙맥인 줄 알고 잘할 수 있을까 했더니만, 얌전한 고양이 부뚜막에 먼저 올라간다더니…… 민 사장이 나보다 훨씬 낫다고 그러는 거 있지."

"그만해요. 언니."

미스 진은 눈을 흘기며 가볍게 은해의 옆구리를 꼬집는다. 얌전한 고양이 부뚜막에 먼저 올라간다라는 속담이 이렇게까지 천박하고 색스러운 느낌을 줄 수 있다는 사실이 은해는 당혹스럽다. 미스 진은 계속 웃고 있다. 은해는 덥다. 최 대리의 눈빛과 미스 진의 미소와 '엄지맨'의 장면들이 뒤죽박죽 눈앞에서 헝클어진다. 미스 진은 계속 웃는다. 공모자의 저 야릇한 미소. 처음 은해에게 '아르바이트'를 제의할 때도 미스 진은 저 야릇한 미소를 짓고 있었다.

"아르바이트 한번 안 해볼래?"

미스 진은 은해를 미로처럼 좁고 어두운 계단, 청계천 어느 상가로 이끌며 말했었다.

"뾰족한 수가 있다고 생각해? 자기나 나나 집에 뭐 바랄 게 있어, 그렇다고 대학을 나왔어? 지금처럼 기껏 통신회사나 전전하다 썩겠지. 그러다 또 더 젊은 애들한테 자리 내주고. 운 나빠 그렇고그런 놈한테 걸려 결혼하고. 또 그렇고그런 아줌마 되고. 맞벌이? 흥, 구슬이나 안 꿰면 다행일거야."

더없이 일목요연하고 간단명료한 비약에, 은해는 놀란 눈을 하고 미스 진을 바라보았다.

"진짜로 몸 파는 것도 아니구, 목소리 하나 이쁘단 소리 듣는데 어쩔 거야. 누가 뭐랄 거냐구."

미스 진의 목소리는 과잉된 떳떳함으로 높게 갈라지고 있었다. '대박기획'이라는 표찰이 붙은 철문 앞에서 미스 진은 다시 목소리를 낮춰 말했다.

"간단해. 페이는 편당 계산이야. 콧소리만 잘 내면 돼. 대사는 거의 없고. 주로 우는 소리와 그 소리."

그 소리. 미스 진은 오늘도 '그 소리'를 녹음하기 위해 청계천으로 갈 것이다.

이미테이션 외제 상표가 박힌 작은 핸드백을 어깨에 걸치고 미스 진은 웃으며 은해에게 손바닥을 흔들어 보인다. 문득 불안하게 일그러지는 공모자의 미소. 미스 진은 대학에 다니는 동생 둘을 데리고 오 년째 자취를 하고 있다. 미스 진도 더운 모양인지 그새 고친 화장이 얼룩져 있다. 은해도 손바닥을 흔들어 보인다. 그리고 지나가듯 묻는다.

"참, 언니. 최 대리님 결혼식이 언제래요?"

높이뛰기

　파를 손질할 때마다, 흙이 엉긴 뿌리 쪽을 씻어내며 시든 줄기를 벗겨낼 때마다 윤자의 젖은 손가락들은 전투적인 무언가를 감지한다. 단단하게 말려 있는 날것의 느낌. 독이 오른 긴장감. 파는 윤자가 제일 좋아하는 야채다.

　햄만 들어간다면야 햄야채볶음의 재료라는 것은 딱히 정해져 있는 것이 아니다. 꼭 파가 들어갈 필요는 없다. 그러나 윤자는 파를 다듬고 썰 때의 호전적인 느낌을 알고 있다. 물론 파맛도 잘 알고 있다.

　윤자는 양배추와 당근, 양파를 큼직하게 썰고 네모난 스팸 캔의 뚜껑을 벗겨낸다. 양철 캔이 날카롭게 갈라지며 속을 벌린다.

분홍색 살코기와 점점이 박힌 흰 지방. 스팸은 짭짤하고 육질이 부드러운 햄이다.

윤자는 프라이팬에 올리브유를 넉넉히 두르고 야채를 볶는다. 식용유를 대신하여 올리브유를 구입한 것은 티브이에서 보았던 요리 프로그램이 언뜻 생각났기 때문이다. 올리브유의 맛을 아는 것은 아니다.

날것들은 숨이 죽을 때까지 맹렬한 소리를 내며 뜨거운 팬 위를 구른다.

백화점에서 돌아온 윤자는 저녁 약속이 생겼다는 남편의 전화를 받았다. 아들애는 아직 전화가 없다. 무심히 켜놓은 티브이에서 여덟시를 알리는 시보가 들린다. 햄야채볶음이 완성되었다.

환풍기를 켜는 대신 윤자는 가로로 긴 직사각형의 부엌 창을 연다. 단백질이 연소하는 냄새로 가득한 부엌에 검은 저녁바람이 불어든다.

부엌 창 너머 앞 동 아파트가 내다보인다. 윤자는 똑같은 모양의 수십 개의 베란다를 바라본다. 그러나 그 베란다 밖으로 내비치고 있는 불빛들은 신기하게도 그 빛깔과 밝기가 조금씩 모두 다르다. 조금씩 다른 저 불빛들 어딘가에서 아이가 보채며 울고, 밥이 끓고, 전화벨이 울리고, 누군가가 누군가를 기다리고, 방문이 쾅 닫히고, 변기에 물이 내려가고 있을 것이다. 조금씩 모두 다르지만 결국은 모두 같다. 검은 저녁바람이 깊은 밤을 향해 불기 시작하면 조금씩 모두 다른 저 불빛들도 스러질 것이다. 깊은 밤, 옅은 잠. 모두 같은 꿈을 꿀 것이다.

윤자는 창문을 닫는다.

오늘 아침, 남편과 아들애는 예상했던 대로 식탁에 올려진 두루치기에 젓가락을 대지 않았다.

자신의 몸을 빌려 태어났다고는 하지만 아들애의 얼굴에서 자신의 모습을 찾아내기란 어렵다. 뚜렷한 인중선에 비해 야물지 못한 입술선. 밋밋한 눈썹산과 안경알 속의 깊은 눈은 속내를 숨기기에 알맞다. 아침 식사로 차려진 잡곡밥과 일곱 가지 반찬들, 그리고 걸쭉하고 매운 두루치기. 국은 없다. 쏙 빼닮은 부자의 입술선이 같은 각도로 일그러지는 것을 윤자는 놓치지 않았다. 윤자는 흐뭇했다.

각각 금테와 뿔테의 안경알은 난처한 눈빛을 숨기기 위해 허둥대며 번쩍거렸다. 밥을 반쯤 덜어낸 남편은 물 말을 대접을 찾았고, 숟가락을 들고 궁싯거리던 아들은 짐짓 심상한 손길로 냉장고를 열고 식빵을 꺼냈다. 윤자는 잠자코 그 모습을 지켜보았다. 실은 뭔가 기다렸다고 해야 옳다. 그러나 언제나처럼 그뿐이었다. 남편도 아들도 윤자에게 싸움을 걸어오진 않았다. 흐뭇함은 이내 모멸감으로 바뀌었다.

아홉시가 가까워오고 있었다. 전화벨은 울리지 않는다.

윤자는 저녁상을 차린다. 식어버린 두루치기에 약간의 물과 고춧가루, 햄을 볶고 남은 파를 넣고 가스불을 강하게 조절한다. 두루치기는 금세 보글보글 좋아든다. 문득, 양념에 재운 돼지갈비를 팔고 있던 중년 여자가 집으로 돌아가 고단한 몸으로 저녁상을 받았을까 생각해본다. 여자는 고기 반찬에 입을 대지 않을 것이다.

파의 강한 휘발성 향이 기분 좋게 코끝에 감기며 식욕을 돋운다. 윤자는 두루치기와 햄야채볶음으로 밥 한 공기를 깨끗이 비운다. 식욕은 무엇으로부터 오는가. 올리브유에 볶은 햄과 야채는 아주 맛이 좋다. 올리브유는 식용유보다 세 배쯤 비싸다. 윤자는 계란 프라이도 올리브유에 부쳐볼 생각을 한다.

윤자는 싱크대 선반에서 포도주를 꺼내 물잔에 반쯤 따른다. 술은 칼로리가 높다. 일 년 사이에 몸무게가 십 킬로그램쯤 늘었다. 백화점 스포츠센터의 수영과 에어로빅 초급반. 검붉은 포도주병을 바라보며 윤자는 피식 쓴웃음을 짓는다. 156센티미터에 65킬로그램이나 되는 몸집으로 수영복을 입고 몸을 흔들어댈 생각을 하니 여간 우스운 게 아니다. 애당초 다이어트를 할 마음 따윈 없었다. 윤자는 하얗게 기름이 굳은 햄 한 점을 집어먹는다. 알 수 없는 물에의 끌림. 엉뚱하고 충동적인 결정에 윤자는 며칠 동안 두고두고 망설일 것이다.

다시 오늘 아침, 남편과 아들애가 남긴 밥으로 식사를 한 윤자는 느릿느릿 움직였다. 느릿느릿 더운물을 틀어 설거지를 하고 느릿느릿 빨랫감을 찾아 세탁기를 돌렸다. 청소는 하지 않았다. 시간은 느릿느릿 흘러갔다. 내일이 되려면 아직 많은 시간이 남아 있었다.

윤자는 인스턴트 커피를 한 잔 타 들고 소파에 비스듬히 누웠다. 신도시 아파트엔 위성 방송과 케이블 채널을 시청할 수 있는 안테나가 설치되어 있었다. 한 시간 남짓 티브이 화면을 쳐다보았다. 오 분에 한 번쯤 리모컨을 눌러 채널을 바꾸었다. 티브이를 시청한 지 한 달이 지나도록 윤자는 채널이 몇 개나 되는지 알지 못했다. 그나마 홈쇼핑 채널은 오래 들여다본 편이라 할 수 있다. 한의사가 추천하는 자석요를 구입하고 싶었지만 전화기로 손을 뻗는 일이 귀찮게 여겨졌다. 홈쇼핑을 통해 이 주 전쯤 구입한 즉석 제빵기는 포장도 뜯지 않고 서랍 속에 넣어둔 터였다.

졸음이 밀려왔다. 자고 일어나면 쉽게 하루가 갈 것이다. 윤자는 식은 커피잔을 힘겹게 탁자 위에 올려놓고 무거운 눈꺼풀을 감았다. 느릿느릿 잠을 잤다.

게슴츠레 눈이 떠졌을 때 윤자는 사람들의 환호성을 들었다. 저린 오른팔을 주무르며 티브이 화면에 눈길을 주었다. 육상 경기가 중계되고 있었다. 세계 육상선수권 대회쯤 되는 듯했다. 일본의 위성 채널이었다. 일어를 알아들을 수는 없었지만 육상이란 종목은 그닥 중계 방송이나 해설을 필요로 하는 스포츠가 아니라고 생각됐다.

빛나는 검은 근육의 남자들이 무언가로부터 도망치듯 절박하게 내달리고 있었다. 그들의 전력 질주가 슬로 비디오로 느리게 느리게 보여졌다. 윤자는 뜬금없이 언젠가 채널을 돌리며 스치듯 보았던 만화영화의 한 장면을 떠올렸다. 주먹코에 뚱뚱하고 우스꽝스럽게 생긴 남자가 젖 먹던 힘을 다해 도망치고 있었다. 달려가는 남자의 발꿈치 뒤로 길이 무너져내리고 있었다. 길이 무너지는 절벽 아래는 물론 까마득한 낭떠러지. 장난스럽고 다급한 피아노 연주에 맞춰 남자는 뛰고 또 뛰었다. 개 발에 땀나듯 대머리의 남자는 전 생애를 걸고 달리고 있었다. 그 많은 땀방울들이 윤자는 조금도 우습지 않았다.

졸음은 짧은 동안에 가셨다. 윤자는 이유 없이 요의(尿意)를 참으며 다리를 꼬고 누워 육상 경기에 몰두했다.

그것은 높이뛰기였다.

빛나는 검은 근육 대신 부러질 듯 가벼운 새의 체형을 닮은 남자들이 긴 다리로 경중경중 뛰어가 허공의 장대를 단숨에 뛰어넘었다. 한껏 날아올라 재주넘듯 푹신한 매트에서 몸을 일으킨 동양 선수는 제 다리처럼 길고 가느다란 팔을 들어올려 관중들의 환호성에 답했다. 중계 방송을 하는 아나운서의 목소리가 높아지는 걸로 봐서 일본 선수인 모양이었다.

윤자는 아나운서의 흥분된 목소리에서 2미터 35센티미터라는 발음을 알아듣는다. 기록을 나타내는 자막에도 그렇게 씌어 있다. 2미터 35센티미터.

윤자는 천장을 올려다보며 2미터 35센티미터를 가늠해본다. 까치발을 하고 팔을 들어올려도 닿을 수 없는 높이다. 윤자는 아찔하다. 2미터 35센티미터의 벽이 사방을 가로막고 있다면 윤자에게 그것은 감옥이나 마찬가지인 것이다. 높이뛰기를 할 수 없다면 결코 그곳을 벗어날 수 없다. 2미터 35센티미터는 아득한, 절대의 높이다.

일본 선수를 위협하는 금발의 선수가 등장한다. 금발은 2미터 35센티미터를 1차 시도에 성공한다. 감격한 표정으로 펄쩍펄쩍 매트를 뛰어오르는 금발에겐 쇼맨십이 있다. 일본 선수의 초조한 얼굴이 화면에 잡힌다. 금발은 내친 김에 2미터 40센티미터에 성공한다. 환호성이 울린다. 그는 그만 날아가버릴 기세다. 진지한 표정으로 숨을 고른다. 달려나간다. 강하게 발을 구른다. 사뿐히 몸을 눕힌다. 재빠르게 다리를 차올린다. 풀썩 쓰러진다. 솟아오른다. 힘껏 솟구쳐오른다.

2미터 40센티미터를 넘어갈 때 보았던 하늘을 그는 오래도록 기억할 것이다. 관중들은 카메라 플래시를 불꽃처럼 터뜨리고 박자에 맞춰 박수를 친다. 일본 선수는 2미터 40센티미터에 번번이 실패한다. 경중경중 뛸 때마다 가슴팍의 쇄골이 볼썽사납게 도드라진다. 아나운서의 목소리는 애가 탄다.

윤자는 가늘게 눈을 뜨고 몇 번이나 되풀이되어 나오는 금발의 동작을 바라본다. 소변을 너무 오래 참은 탓에 아랫배가 찌릿찌릿하다.

높이뛰기. 윤자는 높이뛰기를 하고 싶다. 2미터 40센티미터 허공의 상쾌한 공기를 한껏 들이마시고 싶다. 절대 높이의 장애물을 뛰어넘는 가벼움의 특권. 재빠르고 민첩하게 2미터 40센티미터를 날아올라 푹신한 매트 위로 떨어지고 싶다. 그리고 거대한 환호와 갈채.

윤자는 참았던 소변을 보다 좌변기 턱에 올려진 조간 신문 사이에서 백화점 스포츠센터 광고지를 집어들었다.

'활력 넘치는 건강한 삶, P스포츠센터에서!'

윤자는 포도주와 함께 햄야채볶음을 담았던 프라이팬을 모두 비웠다. 비로소 근래야 인정하게 된 사실이지만 윤자는 맵고 짜고 기름진 음식을 좋아한다. 맵고 짜고 기름진 음식을 좋아한다는 다소 천박한 식성을 인정하는 데 오십 년이 걸린 셈이다. 아버지나 남편, 아들애의 식성이 어떻거나 말이다.

남편과 아들애는 해산물을 좋아한다. 그러나 윤자가 꽃게나 미역, 조개나 굴 따위를 식탁에 올린 것은 한참이나 전의 일이었다. 윤자는 '전투적인' 기분으로 양념장을 만들어 꽈리고추와 다진 쇠고기를 볶고, 파 마늘을 듬뿍 넣어 육개장을 끓이곤 했다. 파를 다듬으면서 느끼는 전투적인 긴장감과 뜻 모를 적개심이 남편과 아들애를 향해 있다는 것은 사실 좀 어처구니없는 일이다.

시원한 무 생채를 곁들인 싱싱한 생굴 대신 고춧가루와 파를 듬뿍 넣고 짜고 비리게 졸인 고등어 자반을 남편과 아들애에게 내놓는 것. 그것이 전투의 전술이었다. 전투는 전면전이라기보다 국지전의 형태를 띠었다. 짜고 기름진 반찬과 단추 부분이 제대로 다림질되지 않은 셔츠들, 물기가 남아 불어터진 비눗장, 제자리에 놓여 있지 않은 손톱깎이나 귀이개, 먼지가 뽀얗게 앉은 난초 이파리나 냉동실에 엉겨붙은 냉동육의 핏물 같은 것들.

처음엔 고의가 아니었다. 삼십 년 가까이 몸에 밴 살림의 습성은 윤자를 죄책감에 시달리게 했다. 땟국으로 얼룩진 세면대와 삶지 않은 행주를 스스로가 견디기 어려웠다. 어서 기운을 차리고 일어나 먼지 끼고 어질러진 살림을 말끔히 정리정돈하리라 마음먹었다. 평범한 주부로서의 당연한 일상이 윤자에게 한 번도 불만이거나 억압으로 느껴졌던 적은 없다. 비록 그것이 권태로운 관성이었을지라도.

결국 윤자는 예의 관성에서 벗어나게 되었다. 걸레는 물기를 쥐어짠 모양대로 말라버렸다. 흉물스러운 벌레의 주검 같았다. 먼지 낀 일상을 방치하는 것은 다분히 고의성을 띠게 되었고, 윤자는 단순한 고의적 방치를 넘어 지뢰를 묻는 심정으로 전투에 몰두했다. 불량기로 가득 찬 사춘기 소녀의 신경질처럼. 이사 온 지 한 달여, 아직까지 정리하지 않은 이삿짐이 다용도실에 아무렇게나 부려져 있었다. 전투는 남편과 아들애를 적잖이 당황시켰다. 윤자는 불량소녀처럼 슬프고도 즐거웠다.

전투는 언제나 윤자의 승리였다. 그러나 그 승리는 너무나 싱거운 것이었다는 점에서 윤자의 패배이기도 했다. 남편과 아들애는 그녀를 적군으로 인정하지 않았다. 맵고 짜고 기름져진 식탁 앞에서의 당혹스러움에도 불구하고 남편과 아들애는 윤자에게 담백한 해산물을 요구하지 않았다. 윤자는 그것이 괘씸하다. 남편과 아들애의 배려는 일종의 연민일 것이다. 윤자는 그것이 불쾌하다. 남편과 아들이 그녀를 적군으로 인정할 때까지 윤자는 전투에 임하듯 파를 다듬을 것이다. 강한 휘발성 향은 적개심을 자극할 것이다. 그러나 윤자의 전술은 스스로 생각하기에도 다소 허술하다.

시계는 밤 열시를 넘어섰다. 윤자는 포도주잔을 마저 비우고 자리에서 일어나 베란다를 향해 걸어간다.

커다란 창문을 활짝 열어젖힌다. 차가운 밤바람이 더운 뺨을 훑고 지나간다. 윤자는 조금 비틀거리다 빨래 건조대를 잡고 바로 선다. 문득 낮에 돌린 세탁기에서 탈수된 빨래를 꺼내 널지 않았다는 것을 깨닫는다. 윤자가 잡고 선 빨래 건조대는 난처한 몸짓으로 빈 가지만을 뻗고 있다. 섬유 유연제를 넣는 것도 물론 잊었다. 세탁기 속의 빨래는 엉망으로 구겨져 꾸득꾸득 말라 있을 것이다. 무엇도 그 구김을 반듯이 펼 수 없으리라.

윤자는 주머니에서 훔친 풍선껌을 꺼낸다. 우물우물 풍선껌을 씹으며 빈 빨래 건조대를 잡아 흔든다. 빨래 건조대를 장애물 삼아 높이뛰기를 할 수도 있겠다. 상상 속의 자신의 모습은 이미 새의 체형이다. 풍선껌처럼 가볍게, 건조대와 베란다 턱을 훌쩍 뛰어넘어 8층 아래 잔디밭에 사뿐히 착지한다. 장애물을 넘을 때 하늘을 바라보는 것이 중요하다. 검고 넓고 둥근 하늘. 윤자는 긴 환호성을 지른다.

"와아아아아, 박수우우우, 와아아아아."

날카롭게, 호각 소리가 들려온다.

메신저

정면을 향해 고개를 들면 붉은 숫자로 정확한 시간을 표시하는 전자시계가 올려다보인다. 8시 40분 7초, 8초, 9초, 10초…… 전자시계 속 건전지의 꾸준함이란.

미스 진은 눅눅하고 곰팡내 나는 어두운 녹음실에 앉아 있을 것이다. 미스 진과는 함께 녹음하지 않는다는 조건이었다. 우는 소리와 그 소리. 미스 진은 야릇한 미소를 감추고 '그 소리'를 내지르고 있을 것이다.

버스에서 들었던 라디오 방송 때문인지 유리 부스 안이 유난히 덥게 느껴진다. 은해는 '대기중' 스위치를 올려놓고 기지개를 켠다. 목덜미 아래로 늘어진 머리카락을 들어올리고 손부채질을 한다. 열 개의 메신저 회선 중 붉은색 대기중 스위치가 올려진 것은 셋이다. 은해는 고개를 두리번거린다. 헤드마이크를 쓴 젊은 여자들이 제각각 유리 부스 속에 들어앉아 물고기처럼 입을 뻐끔거리고 있다. 건너편 부스, 역시 대기중 스위치를 올리고 하품을 하던 미스 강이 더워? 하는 시늉을 해 보인다. 미스 강은 물론 덥지 않을 것이다.

은해는 결국 최 대리를 떠올린다.

구조조정 바람으로 회사 분위기는 여름내 어수선했다. 불황을 모른다는 통신회사였지만 많은 부서가 정리되거나 새롭게 통합되었다. 회사 곳곳에 '새롭게 출발' '다시 뛰자' 같은 구호들이 나붙어 있었다. 그러나 침통한 사람들의 표정에서 다시 뛸 의욕 같은 것은 좀처럼 찾아보기 어려웠다.

몇 주 전, 아침 저녁으로 선선한 기운이 느껴지기 시작하던 여름의 끝물이었다. 새롭게 꾸려진 '호출기사업부 서비스 2팀' 직원들은 야간근무조를 제외하고 모두 회식에 참석했다. 대부분이 기존 호출기사업부에서 얼굴을 익힌 사람들이었지만 새롭게 공채로 뽑힌 경력사원들도 몇 명 있었다.

언제나 같은 모양으로 놓여지는 회식 상차림. 은해의 옆자리에 앉아 있던 미스 진은 '아르바이트' 때문에 전화를 건다며 자주

자리를 비웠다.

그 옆자리에 앉아 있던 김 과장은 큰 소리로 너스레를 떨며 '새롭게 출발' '다시 뛰자' 구호를 외치며 모두에게 건배를 권했다. 김 과장의 맞은편에 경력 공채로 입사한 최 대리가 앉아 있었다. 미스 진의 빈자리를 메워가며 어설프게 모서리를 차지한 은해의 시선에 김 과장과 최 대리의 옆모습이 액자 속의 그림처럼 잡혔다. 은해는 최 대리를 바라보았다. 평범한 인상이었다.

돼지갈비를 굽는 불판이 두어 번 바뀔 즈음, 회식 자리는 자연스럽게 가까이 앉은 사람들끼리 패를 지어 이야기하는 분위기가 되었다. 은해는 드문드문 음식을 집어먹으며 하릴없이 김 과장과 최 대리의 이야기에 귀를 기울이고 있었다. 초면인 사람들의 사적임을 가장한 공적인 대화라는 것은 뻔하기 마련이다. 사는 곳, 고향, 가족 사항, 출신 학교, 경력, 지인들. 그런 것들 중에서 하나 정도는 무난하게 공통분모를 형성하는 화제가 있다. 공통분모를 찾아 약분해가듯 이어지는 뻔한 대화들. 따지고 보면 모두 제 주변의 이야기일 뿐, 정말 자기 자신에 관한 것은 아니다. 그렇기에 그것은 무난하다.

공교롭게도, 혹은 뻔하게도 김 과장과 최 대리는 과거 한 동네에 살았으며 서로 모르고 있었지만 몇 년 터울의 같은 중학교 선후배였다. 김 과장은 유쾌하고 무난한 화젯거리에 열을 올렸다.

종종 은해를 바라보며 동의를 구하기도 했다. 은해는 어설픈 미소를 지어 보이며 고개를 끄덕거려주었다.

초조한 표정으로 앉아 있던 미스 진이 전화를 걸기 위해 또다시 자리를 비웠고, 돌아와서는 은해에게 적당히 눈치를 봐서 일어나야겠다고 귓속말을 했다.

은해는 곧 야간근무를 하게 돼 있었다. 근 반 년 만에 돌아온 순번이었다. 고객상담실 소속이 아닌 대부분의 남자 직원들은 야간근무를 하지 않았다. 은해는 최 대리의 얼굴을 익혀두어야겠다고 생각했다. 옆자리에 앉아 회식을 하고도 야간근무가 끝나는 몇 달 뒤엔 인사도 하지 못하는 어색한 사이가 될 수도 있겠다는 생각에서였다. 은해는 다시 최 대리를 쳐다보았다. 화면 가득 주인공의 얼굴을 보여주는 티브이 드라마의 한 장면처럼.

갓 서른을 넘긴 남자의, 무언가를 이겨낸 듯한 긍지 혹은 아직은 멀었다는 상반된 체념이 엇갈리는 아득한 눈빛이었다. 가지런한 눈썹과 적당한 길이의 콧날이 강렬하다기보단 아무래도 평범하다는 쪽이었다. 남자치고는 결이 가늘고 부드러운 갈색 머리칼을 가지고 있구나 생각되었을 즈음, 은해는 문득 동작을 멈추었다.

"……?"

최 대리는 무언가 달랐다. 최 대리의 평범한 인상과 분위기로

51

는 설명할 수 없는 어떤 돌연함을 은해는 눈치챈 것이다. 그 돌연함이 무엇인지 쉽게 알아맞힐 수는 없었지만 최 대리는 틀림없이 무언가 달랐다. 은해와도 김 과장과도 다른 그 무엇. 그 무엇을 최 대리는 애써 숨기고 있는 것이 분명했다. 은해는 집요하게 최 대리의 눈빛과 손놀림을 좇았다.

그것은 상추였다. 아하, 입 밖으로 소리를 낼 뻔했다. 은해는 자신의 판단을 확인하려는 듯 눈을 크게 떴다. 돼지갈비를 굽는 석쇠가 몇 번이나 바뀌도록 최 대리는 고기만을 집어먹고 있었던 것이다. 상추를 가리는 것이다. 은해는 그 사소로움에 피식 웃음이 터져나왔다. 김치와 나물, 생마늘과 고추를 향하는 최 대리의 손은 결코 상추를 집어들지 않았다. 은해가 아는 한 상추쌈을 먹지 않는 남자는 처음이다.

간부 회의에 참석했던 팀장이 뒤늦게 갈비집에 나타났다. 김 과장은 제 술잔을 집어들고 팀장의 옆으로 자리를 옮겼다. 은해는 최 대리와 마주 앉았다.

그것은 겨우 상추였다. 열기에 조금 시들거리고 물기가 맺힌 가볍고 푸른 상추. 은해는 우스웠다. 이 사소로움을 특별함이라 불러도 좋은가. 최 대리. 갈비집에서 상추쌈을 먹지 않는 남자. 그걸 애써 능숙하게 숨기려는 남자. 얼굴을 잊는 일은 없겠다.

"상추쌈을 드시지 않네요."

조금 붉어진 눈자위를 끔뻑거리며 최 대리는 은해를 쳐다보았다.

"이런, 들켰네. 그거 내 콤플렉슨데."

최 대리의 당혹스러움은 뜻밖에 비겁해 보이지 않는다.

"그런 게 콤플렉스까지 될 수 있어요?"

"입맛이 까다로운 편이 아닌데, 유독 상추쌈은 그래요. 어렸을 때 억센 놈으로다 잘못 먹고 생목이 올라와 크게 탈이 났던 적이 있거든요. 그 기억이 남아 있나 봐요. 그때 억지로 먹어서 더 그런 것 같아요."

은해는 반쯤은 수긍한다는 듯이 입꼬리를 씰룩이며 소줏잔을 들었다. 최 대리는 앞에 놓인 제 잔을 집어들어 은해의 잔에 맞부딪쳤다. 최 대리가 쑥스럽다는 듯 웃었다. 은해는 문득 그 미소가 터무니없이 선량하다 여겨졌다.

"별거 아닌 거 같지만 살면서 저한텐 꽤 심각한 일이었어요. 더한 것도 먹을 수 있었지만 이상하게 상추는…… 회니 고기니 웬만한 술자리에 상추가 빠지는 법은 거의 없죠. 비빔밥에 든 상추까지 골라내고 먹지 않는 남자, 좀 재수 없지 않겠어요?"

"딴은, 콤플렉스일 수도 있겠네요."

겨우 상추 먹지 않는 것에 콤플렉스를 가진 남자를 은해는 의식하기 시작한다. 상추 한 장의 무게는 얼마나 될까.

"근데 어떻게 알아봤죠? 이젠 감추는 데 아주 능숙해져서 남한테 들켜본 적이 없는데, 눈썰미가 보통이 아닌가 봐요. ……성함이 박은해씨던가요?"

"네."

"아까는 과장님하고만…… 은해씨랑은 많이 얘길 못했네요. 근데 바다 해자(海字) 은해씨죠?"

바다 해자 은해씨죠. 은해는 최 대리를 바라본다. 선량한 웃음. 머릿속에 퐁퐁 물수제비가 떠지는 것 같다.

같은 회사에서 몇 년을 넘게 근무하고도 몇몇 동료 직원들은 아직도 은해의 이름을 '은혜'로 알고 있다. 그러나 이 남자, 얇고 가벼운 상추 한 장에 마음을 쓰는 이 남자. 해(海)와 혜(惠)를 분명히 구분할 수 있는 능력을 가진. 은해는 남은 소줏잔을 기울인다. 술은 알싸하고 미끈하게 식도를 타고 넘어간다. 은해가 최 대리의 미묘한 콤플렉스를 정확히 알아본 것처럼, 최 대리도 은해가 은혜가 아닌 은해임을 정확히 알아본 것이다. 은해는 그 사소한 '알아봄'에 왠지 가슴이 벅차다. 그것은 뚜렷하고 분명하고 특별한 일이라 여겨진다.

"맞아요. 바다 해자 은해예요. ……아버지가 외항선원이셨거든요. 제가 태어났을 때 아버지는 바다에 계셨대요."

술기운이라 생각한다. 누군에게도 초면에 아버지의 얘기를 꺼낸 적은 없었다.

"아, 그랬군요. 은, 해, 씨."

최 대리는 웃으며 '해'를 힘주어 발음한다. 최 대리의 입으로 발음되는 정확한 '해' 소리를 자꾸 듣고 싶게 될 것만 같다.

은해든 은혜든 별로 상관하지 않게 될 때까지 은해는 차라리 자신의 이름이 그저 흔한 여자 이름, 은혜이길 바랐다. 그편이 서류를 꾸밀 때나 상견례를 할 때 훨씬 무난하고 수월했기 때문이다. 제 이름을 상호로 가진 디자이너나 변호사 혹은 연예인이 아닌 이상 은해가 은해이든 은혜이든 상관없다는 것은, 아니 차라리 은혜인 편이 낫다고 생각되는 것은 조금 쓸쓸한 일이었다. 네가 은혜가 아닌 은해라서 뭐 달라지는 게 있어? 언제부터인가 굳이 사람들에게 전 은혜가 아닌 은해예요, 라고 이르지 않았던 것도 그 동안의 숱한 오해에 익숙해졌기 때문이다. 해든 혜든 아무런 차이가 없는, 불편하지 않은 오해.

그러나 지금 이 남자, 겨우 상추쌈을 먹지 않는 것이 콤플렉스인 이 남자는 은해가 박은혜가 아닌 박은해라는 것을 새삼 일깨워주고 있다. 그것이 매우 중요하다고까지 말해주는 것 같다. 제 이름은 바다 해자 은해요. 은해는 동료 직원들에게 일일이 그것을 확인시켜주고 싶다는 생각이 든다. 은해는 은혜로 불릴 때마다 느꼈던 쓸쓸함과 열패감을 최 대리에게 보상받고 싶다는 충동을 느낀다. 이 새삼스러움은 특별하다.

미스 진이 함께 자리를 뜨자고 말했지만 은해는 2차에 참석했다.

상추쌈을 먹을 필요가 없는 단란주점의 최 대리에게서는 아무런 콤플렉스도 찾을 수 없다. 맥주잔 속으로 작은 양주잔이 퐁퐁 빠진다. 최 대리는 평범하게 취해가고 있다. 은해는 노래를 부르는 직원에게 손뼉을 쳐주며 눈가가 풀려가는 최 대리를 바라본다. 최 대리도 다른 직원들처럼 고래고래 노래를 부르고 벌컥벌컥 술을 마신다. 모두들 '다시 뛰자'는 듯이 취해가고 있다.

룸에 딸린 화장실로 들어갔던 최 대리가 해쓱한 표정을 하고 밖으로 나간다. 은해는 손목시계를 들여다본다. 그리고 일어나 옷걸이에서 핸드백을 찾는 척하다 최 대리의 양복 윗도리를 챙겨들고 밖으로 빠져나온다.

단란주점 입구 어두운 구석에서 잔뜩 몸을 수그린 최 대리가 긴 침을 뱉고 있다.

"괜찮으세요?"

최 대리는 예상했던 것보다 많이 취해 있다. 은해는 최 대리의 푸른 셔츠 가슴팍에 점점이 박힌 토사물 얼룩을 바라본다. 싫지 않다.

"어어, 박은해씨군요. 바다 해자 은해씨. 눈치 빠른 은해씨."

은해를 돌아보며 몸을 일으키던 최 대리는 그의 발음처럼 비틀거린다. 은해는 최 대리의 반팔 와이셔츠 소매 아래 팔꿈치를 붙잡는다. 굳은살이 없는 부드러운 팔꿈치다.

최 대리는 다섯 걸음에 한 번쯤 비틀거린다. 최 대리가 서 있는 오른편으로 은해의 몸 속 세포가 모두 몰리고 있는 것만 같다. 시소가 기울어지듯, 그 세포의 무게에 못 이겨 그만 기우뚱 최 대리에게로 넘어질 것만 같은 충동을 은해는 간신히 참는다. 날 불러봐요. 다시 한번 내 이름을 발음해봐요. 제법 습기가 가신 선선한 바람결에 최 대리의 엷은 위액 냄새가 풍겨온다. 물론 싫지 않다.

은해는 가로수 아래 나무 벤치에 최 대리를 앉힌다. 편의점에 들어가 숙취를 제거하는 드링크제를 산다. 단란주점에서 거의 술을 마시지 않았던 은해는 제 몫으로 캔맥주를 집어든다. 그새 최 대리는 벤치 위에 누울 듯 불안정한 자세로 졸고 있다. 은해는 편의점 통유리 너머로 최 대리를 바라본다. 나 당신에게 내 얘기를 할 수 있을 것 같아요. 아니 당신이 꼭 들어주었으면 좋겠어요, 당신이. 은해는 길 건너 막 셔터를 내리고 있는 약국으로 뛰어간다. 은해는 늙은 약사의 집요한 시선을 피한다. 수면제를 산다. 은해는 용기를 낸다. 숙취 제거제의 병 뚜껑을 열고 작고 푸른 수면제를 집어넣는다. 은해는 최 대리 곁에 앉아 천천히 캔맥주를 마신다.

늦여름 밤 공기의 밀도를 높이는 이 수상함의 정체는 무엇인가. 키가 크고 둥치가 굵은 가로수들이 무성한 나뭇잎을 늘어뜨리고 서 있다. 은해는 지금 꽃을 바란다. 그러나 크고 푸른 나뭇잎들은 이미 쇠었다. 곧 낙엽이 질 것이다.

은해는 구두 바닥으로 빈 맥주캔을 굴리며 중얼거린다.

"나 특별해지고 싶어요. 당신이 말한 것처럼 난 은혜가 아닌 은해거든요."

은해는 빈 캔을 조금씩 그러나 단호하게 일그러뜨린다. 찌그득 찌그득. 이것은 어떤 종류의 충동인가. 빈 맥주캔이 저만치로 굴러간다.

은하장 303호.

불은 켜지 않는다. 은해는 최 대리의 셔츠 단추 다섯 개를 차례로 끄른다. 허리춤에서 벨트를 풀어낸다. 회색 양말을 벗긴다. 최 대리는 옅게 코를 골고 있다. 은해는 욕실로 들어가 최 대리의 양말을 빨아 수건 걸이에 넌다.

은해는 침대에 걸터앉아 다시 천천히 맥주를 마신다. 최 대리는 뒤척이지 않고 곧게 누워 잠들어 있다. 은해는 옷을 벗는다.

―이, 더러운 것.

엄마의 목소리. 언제나처럼 불현듯.

전자시계는 10시 30분 41초, 42초, 43초, 44초…… 쉬지 않고 움직인다. 고객과 메신저가 연결중임을 알리는 녹색 등이 들어와 있다.

　"저, 그냥 말하면 되죠? 흠, 음. 스물다섯번째 생일을 축하합니다. 당, 당신을 지켜보고 있는 누군가가. ……그렇게 띄워주세요."

　메신저를 통해 문자전송 서비스를 이용하는 데 서툰 사람들은 으레 겸연쩍어한다. 은해는 그대로 자판을 두드린다.

　"내용 확인하시기 바랍니다. 스물다섯번째 생일을 축하합니다. 당신을 지켜보고 있는 누군가가. 맞습니까? 전송되었습니다. 이용해주셔서 감사합니다."

　다소 소심하게 느껴지는 이 남자는 전화를 끊고 후회할지도 모른다. 이름을 밝혔어야 했어. 나라고는 결코 생각하지 못할 거야.

　은, 은해씨. 그날 아침 최 대리도 조금 말을 더듬었다. 은해가 막 화장을 마쳤을 때 화장대 거울 속 침대에서 튀어오르듯 벌떡 몸을 일으킨 최 대리. 은해는 천천히 욕실을 향해 걸어갔다.

　"은해씨. 어, 어떻게?"

　은해는 욕실에서 지난밤 빨아놓은 최 대리의 양말을 가져왔다. 최 대리는 은해의 손에서 제 양말을 다급하게 낚아챘다. 은해는 핸드백을 집어들었다. 은해는 문득 어젯밤 자세히 살필 수 없었던 최 대리의 맨발을 바라보았다. 가지런한 발톱과 발등에 돋아

난 섬세한 정맥들. 최 대리가 다급하게 꿰어신은 양말은 덜 말라 있었다.

"은해씨! 나, 난 아무것도 기억이……."

은해는 구두를 신었다. 돌아보지 않았다.

"안심해요. 굳이 기억할 일 없었어요."

은해는 은하장을 나왔다. 이것은 특별한가.

"감사합니다. 빠르고 정확한 정보, 공일공 하나이동통신 문자 서비습니다."

오늘밤 은해는 유난히 덥고 피로하다. 최 대리는 곧 결혼을 한다. 야간근무가 시작된 이래 최 대리와 얼굴을 마주친 적은 없었다. 꼭 한 번 사람이 가득한 엘리베이터 안에서 뒤늦게 간신히 앞쪽에 발을 디딘 최 대리의 뒷모습을 바라보았을 뿐이었다. 낯설었다. 경쾌한 벨소리가 울리고 엘리베이터가 멈추어 섰다. 은해는 '은해'라고 불리고 싶었다.

전화를 걸어온 메마르고 톤이 낮은 목소리의 여자는 방금 전의 남자처럼 겸연쩍어하지는 않는다. 그러나 절박하다.

"기다리고 있음. 늘 그곳, 303호."

나는 사랑의 방식을 모른다. 전송되었습니다. 이용해주셔서 감사합니다. 은해는 여자의 말을 빠르게 되풀이하고 전화를 끊는다.

나는 사랑의 방식을 모른다. 정확한 것은 늘 정확하지 않은 것을 견제하고 비난한다. 그러나 정확한 것보다 정확하지 않은 것이 생에 있어 훨씬 결정적이라는 것을 은해는 알고 있다. 그러므로 정확한 것은 정확하지 않은 것을 두려워하는 것이다.

하루에 0.0005도 더워지고 있다. 자판을 두드리는 은해의 손끝이 조금 떨린다. 나는 사랑의 방식을 모른다.

'기다리고 있음. 늘 그곳, 304호.'

그날 밤, 쇠어버린 이파리가 낙엽을 준비하는 가을의 시작에서 꽃을 바랐던 것이 잘못이었다. 퇴근 무렵, 은해는 최 대리의 빈 책상을 바라본다. 은해는 그날 밤 무성한 나무 아래 최 대리에게로 걸어간다. 짧지만 아득한 거리다. 은해는 불쑥 최 대리의 팔꿈치를 잡는다.

─축하드려요. 결혼하신다면서요.

당신과 사랑에 빠지고 싶었어요.

뜨악한 표정을 짓는 최 대리에게 은해는 가볍게 목례를 하고 돌아선다. 날 두려워할 필요는 없어요. 그날 밤 정말 기억할 일은 없었다구요. 난 그저 당신에게 내 애기를 하고 싶었어요. 바다 해자 은해. 당신은 단박에 알아보았잖아요. 당신과 사랑에 빠지고 싶었어요. '은해'를 발음하는 당신의 목소리를 듣고 싶었어요. 난 당신으로 인해 특별해질 수 있다고 기대했어요. 그러나 나는 몰라요. 그날 밤 벌거벗은 몸으로 당신을 끌어안고 조금 버둥거려보았을 뿐이에요. 당신은 깨어나지 않았어요. 나는 더빙을 할 때처럼 교성을 질러보았어요. 그러나 난 내 몸을 달아오르게 하는 법을 몰라요. 우는 소리, 그 소리. 곧잘 흉내만 내다 뿐이지, 나는 정작 사랑의 방식을 몰라요. 당신의 부드러운 머리칼을 쓰다듬다 나는 결국 남은 맥주 한모금과 수면제를 먹었어요. 기억해야 할 일은 없었다구요.

다시 내 이름을 부르는 당신 목소리를 들을 수 있을까요. 상관하지 않아요. 당신은 여전히 내게 특별해요. 나중에라도 우린 정말 사랑을 나누게 될지 몰라요. 상관하지 않아요. 그렇지만 내가 정작 당신의 연인을 알아채지 못했던 것처럼, 이제 나도 당신이 전혀 알아채지 못할 무언가를 만들 거예요. 특별한 것. 바다 해자 은해씨죠―당신이 내 모든 것을 알고 있으리라 생각했어요. 하지만 그렇지 않아요. 당신이 절대 알 수 없는 것, 내게도 있어요.

당신과 사랑에 빠지고 싶었어요.

부옇게 밝아오는 새벽 거리. 은해의 더운 목덜미에 서늘한 바람이 스쳐간다. 유난히 덥고 피로한 밤이었다.

직장인들에게 토스트나 우유 같은 아침 요깃거리를 팔기 위해 한 여자가 리어카를 부려놓고 장사 준비를 하고 있다. 여자는 곧 차갑고 선득하게 식은 사각 프라이팬을 뜨겁게 달굴 것이다. 그러므로 오늘은 또 어제보다 0.0005도쯤 더운 날이 될 것이다. 어쩔 수 없는 일이다. 아무도 그것을 막을 수 없다. 303호든 304호든. 어쩔 수 없는 일이다. 어쩔 수 없으므로 아직은 괜찮다. 10년에 2도씩. 100년 뒤 이곳은 사막이 되어 있을 것이다. 아니 꼭 그랬으면 좋겠다. 노점상의 여자는 무거운 리어카를 끌고 사막을 건너갈 것이다.

의식적으로 더운 입김을 내뿜으며 은해는 새벽의 정류장을 향해 부지런히 걷는다. 이 별을 더 덥게 만드는 일에 일조할 수 있다는 듯이.

숨을 참는 법

　탈의실. 윤자는 옷을 벗고 스포츠센터 여직원이 골라주었던 검은색 수영복을 입는다.

　십수 년 전 남편이 처음 자가용을 구입했던 그해, 두 아이를 데리고 멀리 몽산포로 피서를 갔었다. 몽산포, 꿈처럼 아득한 기억. 아마 그때 마지막으로 수영복을 입었을 것이다. 커다란 해바라기가 찍힌 원피스 수영복. 텐트를 치고 찌개도 끓였던 것 같다. 아이들에게 해변 상점에 걸려 있던 수박 모양의 튜브 공을 사주었던 것으로 기억된다. 빨간 뽕뽕 방울이 달려 있던 딸애의 수영모자. 삼일 내내 뜨거운 햇살이 눈부셨다. 윤자는 샤워기 아래에 서서 몸에 비누질을 한다.

처진 가슴과 적나라하게 드러난 아랫배는 뭉쳐놓은 스폰지 같다. 돌아갈까, 오늘부터 수영을 배우러 다닐 것이라는 윤자의 말에 아침 식탁에 앉았던 남편과 아들애는 필요 이상의 반응을 보였다. 과장된 격려와 연출된 단란함. 딴에는 윤자가 나아지고 있는 징조라고 생각했을 것이다. 자기들을 향한 무모하고 지루한 전투가 곧 끝나게 될지도 모른다고 생각했을 것이다. 윤자는 식탁 위에 놓인 짜고 비린 고등어 자반을 쳐다보았다. 고등어 대신 복어를 요리했었다면.

　윤자는 숱이 많은 제 치모가 수영복 밖으로 비어져나와 있는 것을 본다. 원숭이처럼 흉하게 다리를 구부려 벌리고 그것을 안으로 집어넣는다. 옷을 적게 입었을 때 허둥거릴 나이는 이미 아니었지만 지금 윤자는 제 몸이 더없이 불편하다.

　유리벽 너머로 보았을 때처럼 거대한 하늘색 수영장은 한가득 물을 담고 출렁이고 있다. 어른거리는 물의 무늬들. 어젯밤 꿈속의 윤자는 이곳에서 수영을 하고 있었다. 물 속은 따뜻했고 부드러웠다. 알 수 없는 물에의 끌림. 물살을 가르는 윤자의 몸은 더없이 가볍고 나른했다. 물 밖으로 고개를 내밀었을 때, 물은 흐르고 있었다. 수영장은 반듯한 귀퉁이를 열어 바다로 흘러가고 있었다. 윤자는 당황하지 않았다. 미끌거리는 몸통을 가진 커다란 물고기가 윤자의 옆을 스쳐갔다. 윤자는 그것을 향해 손을 뻗었다. 기기묘묘한 해안 절벽이 끝없이 이어졌다. 바다는 에메랄드빛으로 반짝였다. 곧 푸른 수평선에 가 닿으리라. 윤자는 쉬지 않고 헤엄쳐 나아갔다. 어젯밤까지도 계속되던 망설임은 아침에 눈을 떴을 때, 아직도 물 속에 떠 있는 건 아닐까 하는 착각으로 매듭지어졌다. 다시 눈을 감았을 때, 눈꺼풀의 안쪽 검은 스크린에 파랗게 물이 차올랐다. 출렁이며.

그러나 지금 윤자는 다시 흔들리는 눈빛으로 수영장을 바라본다. 돌아갈까. 꿈속에서와는 달리 망설여지는 것은 저 하늘색의 물이 지독히 차갑게 여겨지는 때문일 것이다.

초급반은 열댓 명 정도였다. 자신보다 더 비대한 몸집의 여자들이 적지 않음을 확인하자, 불편함이 나아진 것은 아니었지만, 윤자는 속된 안도감을 느꼈다.

삼십대로 보이는 여자들은 대부분 선탠을 한 모양으로 피부가 죄 까무잡잡했다. 억지스럽다는 느낌을 주는 눈썹 문신은 사오십대들이었다. 눈썹 문신은 아니었지만 윤자는 당연히 연장자 축에 들었다.

윤자는 열댓 명의 여자들을 찬찬히 살펴본다. 윤자처럼 가슴이 처지거나 아랫배가 나온, 기미가 앉은 눈매와 팔뚝에 낀 얼룩 같은 주근깨. 투박하게 빛나는 굵은 금 목걸이, 수영을 앞두고도 지우지 않은 진한 화장. 어딘지 자연스럽지 못하다는 인상을 주는 그녀들의 몸뚱어리에서 윤자는 어떤 초조함이나 크고 작은 갈등의 단면 같은 것을 본다.

맨발에 매끄러운 타일 바닥이 선득하게 와 닿는다. 샤워 후 몸에 맺힌 물방울들이 차갑게 말라가고 있다. 평일 오후, 다소 한적한 수영장엔 수영을 배우는 유아반 아이들이 만들어낸 물장구 소리가 메아리로 울리고 있다. 분홍색 수영복을 입은 여자아이의 탱탱한 엉덩이가 잠시 물 밖으로 나왔다 사라진다. 물기로 반짝이는 작은 종아리와 발바닥들. 그 한켠에 중년의 여자들이 조금 추운 듯 어깨를 옹송그리고 모여 있는 모습은 왠지 서글퍼 보인다. 그러나 서글퍼 보이는 것뿐일지도 모른다.

반대편 탈의실에서 삼각 수영팬티를 입은 젊은 남자가 걸어나온다. 굳이 그럴 필요가 없어 보임에도 그는 크고 길게 호루라기를 분다. 호루라기를 불기 전부터 여자들이 그에게 주목하고 있었음은 물론이다.

키가 크고 검은 피부를 가진 이십대 후반의 수영강사. 콧대가 높고 끝이 약간 처진 매부리코가 눈길을 끌 만한 얼굴이다. 우람하다고까진 할 수 없겠지만 그의 몸매와 근육은 군살 없이 균형 잡혀 있다.

강사는 얇은 입술을 굳게 다물고 여자들을 둘러본다. 그의 표정은 무심을 가장하고 있지만 긴장하고 있음이 분명하다. 윤자는 강사의 발을 쳐다본다. 강사는 맨발에 발가락에 끈을 꿰는 고무 슬리퍼를 신고 있다. 발등엔 지도에 그려진 강줄기처럼 어지럽게 힘줄이 불거져 있다. 그 무엇도 숨길 수 없는 젊은 남자. 예상보다 젊은 강사의 출현에 여자들의 분위기가 묘하게 술렁거린다.

강사가 얇은 서류철을 펼쳐든다.

"첫날이니깐 출석을 한번 불러보겠습니다."

윤자는 일곱번째쯤 불린 자신의 이름에 대답한다.

"십육번 박은해씨, ……박은해씨 안 오셨습니까?"

모여 있던 여자들과는 다른, 몸 어디에서도 생산의 흔적을 찾아볼 수 없는 젊은 여자가 탈의실에서 종종걸음쳐 나온다. 더이상 젊지 않은 여자들이 모두 젊은 여자를 쳐다본다. 스물네댓쯤. 살결이 희고 선이 가는 몸매, 희미한 이목구비의 선이 묘한 조화를 이루는. 낯익은 여자다. 지금처럼 조금 늦게 백화점 셔틀버스에 올라탔던 젊은 여자.

"박은혜씨?"

"네. 제가 박은핸데요."

젊은 여자는 손가락을 조심조심 움직여 잔머리칼을 수영모자 속으로 집어넣으며 강사에게 대답한다. 한 번도 분을 묻히지 않은 뽀얀 분첩 같은 얼굴이다. 젊은 수영강사가 젊은 여자를 쳐다본다. 젊지 않은 여자들도 젊은 여자를 쳐다본다. 젊은 여자는 윤자와 같은 디자인의 검은색 수영복을 입고 있다. 윤자는 다시금 제 몸이 불편하게 느껴진다. 강사는 출석표와 젊은 여자를 번갈아 바라본다.

"아, 박은해씨군요. 십육번이오."

801호일 것이다. 저 젊은 여자는 같은 복도를 쓰고 있는 이웃집 여자다. 윤자는 결국 여자를 기억해낸다. 손아귀 가득 무언가를 움켜쥔 것처럼 윤자는 확연하고 뚜렷한 기분을 느낀다.

젊은 시절을 지나왔으므로 윤자도 알고 있다. 그 시절, 젊음은 더없이 예민하고 더없이 둔감하다. 자신을 위협하는 모든 것에 날카롭게 반응하고, 자신을 들여다보는 자신의 시선은 항상 과잉되어 있기 마련이다. 또한 주위를 둘러보기엔 목덜미가 너무도 푸르고 단단하니. 그러므로 상처들—종잇장에 벤 것 같은 날카롭고 예민한 출혈들. 딸애도 그랬을 것이다. 윤자는 귀기울이듯 801호 젊은 여자를 바라본다.

여기 더이상 젊지 않은, 게다가 옷을 벗은 여자들은 젊은 여자의 등장에 민감한 안테나를 세우고 예민하게 반응한다. 그들은 윤자와 마찬가지로 모두 젊은 날에 대한 어리석은 미련을 가지고 있을 터. 윤자는 젊지 않은 여자들의 예민함이 쉽게 801호 젊은 여자에 대한 신경질적인 적대감으로 전이될 수 있다는 걸 안다.

평균 연령 39세쯤 됨직한 무리 안에서 이십대의 두 남녀는 미묘하고 심상찮은 분위기를 만들어낸다. 그럴 수밖에 없을 것이다. 그러나 젊지 않은 여자들에겐 그것이 불만일 수밖에 없다. 틀림없이 몇몇 여자들은 수영강사의 손놀림이나 시선, 불룩해진 수영복 속 사타구니 혹은 젊은 여자의 가슴팍이나 작고 둥근 아랫배를 눈여겨보고 있을 터이다. 다분히 악의적이고 짓궂은 이 분위기에서 윤자는 이유 없이 801호 젊은 여자를 보호하고 싶어진다.

강사는 다시 짧게 호루라기를 분다. 여자들을 두 줄로 늘여 세운다. 이런저런 주의사항과 수업 진행 방식에 대해 설명한다. 사주에 걸쳐 수영 기초와 자유형을 배우는 것이 초급반 과정인 모양이다. 종으로 횡으로 늘어선 여자들이 강사를 따라 준비운동을 시작한다. 강사는 호루라기를 입에 문 채 부정확한 발음으로 구령을 붙인다. 여자들의 비대한 몸뚱어리들이 출렁거린다. 차가운 타일 바닥에 어지럽게 발자국이 찍힌다. 윤자는 금발의 높이뛰기 선수를 생각한다.

"수영을 배울 때 제일 중요한 건, 물을 두려워해서는 안 된다는 겁니다."

"저, 선생님!"

피서철 해변에서나 입어야 어울릴 듯한 요란한 무늬의 원색 수영복을 입은 삼십대 중반의 여자가 강사를 향해 손을 든다. 주변에 서 있던 여자들이 손으로 입을 가리고 키득거린다. 여자는 장난스러운 표정을 감추고 강사를 똑바로 쳐다본다.

"선생님, 멘쓰 땐 어떻게 하죠?"

여자들이 일제히 까르륵 웃어젖힌다. 강사에 대한 일종의 신고식인 셈이다. 윤자는 웃지 않는다. 그리고 역시 웃지 않고 있는 801호 젊은 여자를 쳐다본다.

"다 아시면서들 왜 그러세요? 집에서 쉬시든지, 미리 약 잡숫고 나오시든지, 끼우는 거 하고 나오시든지."

다시 한번 요란한 야유와 웃음소리가 터져나온다. 능숙한 편은 아니지만 강사도 대책 없는 신참은 아닌 듯하다. 801호 젊은 여자의 돌연한 출현으로 미묘하게 긴장되었던 분위기는 다소 자연스럽게 누그러진다. 윤자보다도 나이가 많아 보이는 한 중년 여자가 수영모자를 고쳐 쓰며 혼잣말하듯 중얼거린다.

"난 나올 게 안 나오니 결석할 일은 없겠네."

윤자도 결석할 일은 없을 것이다. 갑작스럽게 폐경이 된 것은 딸애가 죽은 다음달이었다.

물은 정지된 사각형 속에 담겨 있다. 그러나 물은 출렁대며 어른거리며 끊임없이 움직이고 있다. 어쩌자고. 윤자는 물 속에 잠긴 제 종아리를 쳐다본다. 두 다리는 짧고 뭉툭한 해초처럼 흐느적거리고 있다.

"일단 물과 친해져야 됩니다. 자, 호루라기를 불 때까지 발로 힘껏 물장구를 치세요."

수영장 턱에 엉덩이를 걸치고 앉은 열댓 명의 여자들이 작은 환호성을 지르며 물장구를 친다. 사방으로 물이 튀어오른다. 하얗게 튀어오른 물보라가 두렵게 어른거리던 수영장 바닥을 잠시 가리우고 있다. 수영강사가 길게 호루라기를 분다.

약간의 엄살이 섞인 비명을 지르며 여자들이 모두 물 속으로 들어간다. 윤자의 젖가슴 높이로 물이 차오른다. 수영장의 물은 지독하게 차갑다. 돌아갈까. 이건 꿈속의 물이 아니다. 눈꺼풀 속에 차오르던, 귀기울이듯 바라보았던 물이 아니다. 윤자는 시린 잇몸을 혓바닥으로 감싸며 어깨를 움찔거린다. 물은 무서운 것이다. 팔뚝에 소름이 돋는다. 윤자는 물 속, 괴상하게 휘어진 두 다리를 내려다본다.

수영강사는 물 속에서 제자리걷기를 시킨다. 쉽게 걸어지지 않는다. 물 속에서 달리기를 시킨다. 윤자의 다리는 무겁게 기우뚱거린다. 두 사람씩 짝을 지어 10미터쯤 달리기를 시킨다. 높이뛰기가 있었으면 좋았을 것을. 패를 지어 온 여자들은 낄낄거리느라 정신이 없다. 붉은 선 너머는 수심 2미터. 윤자는 질린다. 2미터 40센티미터를 뛰어넘던 선수처럼 가벼워질 순간은 까마득히

멀기만 하다. 공중으로 2미터든 물 속으로 2미터든 윤자에겐 아득한 절대의 높낮이다.

꿈속, 따뜻하고 부드럽던 물의 기억이 가능한 것일까. 두려운 의심이 극에 달한다.

"자, 물안경을 착용하세요. 이제 숨을 참고 몸을 숙여 물 속의 자기 발목을 잡아볼 겁니다. 그걸 새우등뜨기라고 하죠. 자연히 떠오를 겁니다. 겁내지 마세요. 사람은 누구나 폐의 부력으로 저절로 뜰 수 있습니다. 가능하면 물 속에서 눈을 한번 떠보세요. 훨씬 겁이 덜 날 겁니다."

강사는 물 밖에서 등을 구부리고 시범을 보인다.

"다리는 곧게 펴고, 숨을 참고, 상체를 새우등처럼 굽히고, 손으로 발목을 잡는 겁니다. 이게 수영의 걸음마예요. 자, 시작!"

호루라기 소리. 하나둘 여자들의 머리가 물 속으로 들어간다.

윤자는 난감하다. 강사의 설명을 알아들었지만 몸을 움직일 수가 없다. 짧고 다급한 호루라기 소리. 힘겹게 몸을 숙인 윤자는 눈을 뜨는 것은 엄두도 낼 수 없다. 검고 어두운 공포. 윤자는 물을 먹고 다급하게 고개를 쳐든다. 소독약 냄새. 콧속이 찌릿하게 당기고 목구멍이 따끔거린다. 돌아갈까, 정말 돌아가야겠다. 윤자는 수영장 턱에 매달려 침을 뱉어낸다. 손가락으로 코를 감싸쥔다. 두어 명의 여자도 같은 꼴이다.

윤자는 강사의 지적을 받는다. 신경질적인 호루라기 소리. 윤자는 마지못해 몸을 숙인다. 또 물을 먹는다. 아무 곳으로도 흐르고 싶지 않다. 윤자는 절박하게 수영장 턱을 붙잡는다. 다른 여자들은 둥근 등뼈를 물 밖으로 보이고 제 발목을 손으로 잡고 있다. 정말 새우등 같은 모습이다. 강사의 호루라기 소리가 반복된다. 윤자는 물안경을 벗고 손바닥으로 얼굴을 쓸어내린다. 수영강사는 답답한 모양이다.

"물 속에서 숨을 부글부글 내쉬는 게 아니라 호흡을 참아야 되는 겁니다. 왜 자꾸 숨을 내쉬세요?"

물 속 윤자의 발목은 아득해 보인다. 발목까지는 2미터가 넘을지도 모른다.

801호 젊은 여자가 물 속에서 불쑥 얼굴을 내민다. 젊은 여자가 일으킨 물살에 윤자의 몸이 움찔거린다. 801호 젊은 여자는 검은 물안경을 머리 위로 올리고 숨을 고른다. 몇 걸음 움직여 자리를 잡고 다시 물안경을 고쳐 쓴다. 801호 젊은 여자는 다소 숨찬 목소리로 옆에 있던 윤자에게 무심하게 말을 건넨다.

"괜찮을 거예요. 저도 좀 겁이 났는데, 눈을 뜨니깐 괜찮네요. 숨을 내쉬지 마세요. 물 속에서 숨을 내쉬면, 들이마실 건 물밖에 없잖아요. 그냥 죽은 것처럼, 숨을 딱 멈추고 있음 돼요."

죽은 것처럼. 죽은 것처럼 숨을 딱 멈추고 있음 돼요.

어젯밤 꿈속의 미끌거리는 몸통을 가진 물고기는 801호 젊은 여자를 닮았던 것 같다. 801호 젊은 여자는 어떻게 숨을 참나. 죽은 것처럼 숨을 딱 멈추는 일은 얼마나 두려운 일인가.

윤자는 출렁대는 물결을 바라본다. 물안경을 고쳐 쓰고 다시 몸을 구부린다. 맞는 말이다. 물 속에서 물 밖의 숨을 쉴 수는 없는 노릇이다. 윤자는 어른거리는 수영장 바닥을 향해 눈을 홉뜬다. 다리는 휘어지지도 흐물거리지도 않는다. 완전히 잠겼을 때에야 비로소 물은 그 밑을 왜곡시키지 않는 것이다.

윤자는 숨을 멈춘다. 죽은 것처럼. 몸이 떠오른다.

그림자 엄마

　새벽 퇴근에 익숙해지고 있다.

　배달된 조간신문과 아직 물기가 걷히지 않은 우유를 집어들고 은해는 현관문을 연다. 육중한 철문은 언제나 부드럽게 열려 번 번이 의외라는 느낌을 준다. 집 안은 아직 어둡다. 베란다 엷은 커튼 새로 희붐한 아침 기운이 스며들고 있다. 불이 켜진 곳은 부 엌이다. 조용한 집 안에서 빠각빠각 쌀 씻는 소리가 들려온다.

　야간근무를 마치고 은해가 집으로 돌아올 무렵, 큰오빠 식구들 의 하루가 시작된다. 올케를 제외하고는 아직 기상 전이다. 올케 는 아침쌀을 씻어 안치고 큰오빠를 깨운다. 밥이 다 지어질 무렵 다시 조카애들을 깨운다. 은해는 올케가 졸린 조카애들을 다그쳐

학교 갈 준비를 시키는 소리를 들으며 잠이 든다.

은해는 식탁 위에 우유와 신문을 올려놓는다.

"왔어요? 피곤하죠……."

몇 개월에 한 번씩 되풀이되는 야간근무 기간, 올케의 아침 인사는 늘 같다. 왔어요? 피곤하죠? 어서 씻고 자요. 어서 씻고 자요라는 말을 꺼내지 못하고 개수대로 등을 돌린 올케의 얼굴에서 은해는 언뜻 여느 때와는 다른 미묘한 표정의 변화를 감지한다. 잠옷 위에 늘어진 스웨터를 걸친 올케의 뒷모습이 부스스하다.

은해는 제 방에 들어가 옷을 갈아입고 다시 거실로 나온다. 서둘러 세수를 하고 큰오빠 식구들에게 분주한 아침 욕실을 비워줘야 한다. 행주질을 하던 올케가 말을 꺼낸다.

"오늘은 천천히 해도 돼요. 어젯밤에 오빠, 아버님 댁 갔어요."

아버님 댁. 은해는 다시 올케의 얼굴을 살핀다. 올케의 얼굴은 그럭저럭 평온한 듯 보이지만 심란하고 근심스런 표정이 어려 있다.

"아버님, 화장실에서 넘어지셨다나 봐요. 어제 열두시 다 돼서 어머님한테 전화왔었어요. 삼촌은 지방 내려가고 안 계시고…… 왼팔 뼈에 금이 간 모양이에요. 오빠가 모시고 병원 가서 응급치료 하고…… 다행히 입원하실 정도는 아니구요."

은해는 고개를 주억거리며 욕실로 들어간다.

수건을 둘러매어 머리채를 감싸올린다. 올케가 조카애들을 깨우는 소리가 들린다. 서두를 필요는 없다. 은해는 올케의 말대로 천천히 세수를 한다.

얼굴에 클렌징 폼의 거품을 잔뜩 묻히고 오래도록 문질러 화장을 지운다. 거품이 너무 많이 인 탓인지 한참을 헹구어도 얼굴이 미끌거리고 눈이 맵다. 요란한 소리를 내며 얼굴에 물을 끼얹는다. 은해는 매운 눈을 비비고 거울을 들여다본다. 깁스를 하고 누워 있을 아버지의 모습이 떠오른다. 다시 얼굴에 물을 끼얹는다. 졸립다. 감각을 잃은 아버지의 왼팔은 깁스 안에서 아예 굳어버릴지도 모른다. 은해는 수건으로 얼굴의 물기를 닦아낸다. 그러나 이미 중풍으로 마비된 아버지의 왼팔에 통증은 없을 것이다.

조카애들이 식탁 앞에 서서 졸린 눈을 껌벅거리며 우유를 마시고 있다. 열두 살 큰조카애의 몸집은 제법 남자다운 골격을 갖추어가고 있다. 은해는 두 아이를 바라보는 올케의 부스스한 얼굴에서 흐뭇한 무언가를 본다. 옆으로 돌아선 큰조카애의 늘어진 파자마 앞섶이 불룩하게 솟아 있다. 민망해져 외면한다. 단숨에 잔을 비워낸 작은조카애가 술이라도 마신 것처럼 카아 소리를 낸다. 올케는 작은조카애의 엉덩이를 두들긴다. 조카애들은 무럭무럭 자라고 있다. 남자애들끼리라 해도 제 방이 필요할 나이다.

두 아이를 욕실로 들여보내고 올케가 묻는다. 올케의 표정은 일상적인 평온을 되찾은 듯하다.

"아가씨, 이번 명절 때 근무 어떻게 돼요?"

올케는 부엌 달력의 다음장을 들추어보며 빨갛게 인쇄된 명절 연휴를 가리킨다.

"지난 연휴 때 일했으니깐 비번일 거예요."

곧 명절이고 엄마 아버지에게 가게 될 것이다.

은해는 방문을 닫고 촤르르르 소리를 내며 커튼을 여민다. 졸 립다. 닫힌 방문과 커튼 틈새로 아침빛이 새어든다. 은해는 다시 꼼꼼하게 커튼을 여민다. 세 가지 로션을 차례로 얼굴에 바른다. 자리에 누워 이불을 뒤집어쓴다. 아침빛은 기어이 새어들어온다.

말 그대로의 깜깜함. 그 완벽한 어둠을 경험해본 것은 아주 오 래 전의 일이다. 은해는 이불을 들추고 일어나 다시 화장대 앞에 앉는다. 거울을 들여다보며 빗질을 한다. 그 깜깜했던 방에 무릎 을 꿇고 앉아 오래도록 빗질을 했었다. 그 방에 지금 아버지가 누 워 있을 것이다.

거대한 바람 소리가 온통 밤을 휘젓고 있는 듯했다.

"여자는 자기 전에 꼭 머리를 곱게 빗어줘야 하는 법이다. 꼭꼭 짬맸던 머리채를 풀고 그냥 잤다간 아침에 제대로 모양새도 못 내고 까치집 짓기가 십상이야."

그러나 그런 얘기를 들려주며 다정스레 빗질을 해주었어야 어울렸을 엄마는 정작 윗목에 앉아 손칼을 쥐고 조개 속을 까고 있었다. 그때 은해는 작은조카애보다도 훨씬 어린 나이였다.

조개는 싱싱하지 않았다. 속이 까발려진 조갯살의 비릿한 냄새가 윗목으로부터 풍겨왔다. 냄새에 익숙해질 때까지 가벼운 역겨움이 일었다. 어린 은해는 베갯머리에 무릎을 꿇고 앉아 긴 머리칼을 옆으로 늘어뜨리고 그것을 한데 모아 빗질을 했다. 엄마를 닮아 숱이 많은 직상모였다.

빗질을 하는 은해의 시선은 짐짓 엄마를 향해 있었다. 엄마는 기계 같았다. 표정은 무심했고 손동작은 빨랐다. 단 한 번의 칼질에 베어진 조갯살이 빨간 플라스틱 바가지 속으로 날아갔다. 신문지 위에 차각차각 빈 조개껍질이 쌓였다. 조개도 조갯살도 모두 작았다.

"머리카락 빠진 거 전부 줍고."

은해는 조그만 손가락으로 바닥을 쓸어 머리카락을 집어올렸다. 쓰윽, 차각. 쓰윽, 차각. 쓰윽, 차각. 엄마의 거침없고 단련된 손동작. 엄마는 멈추지 않았다. 그러나 플라스틱 바가지는 쉽게 차오르지 않았다. 엄마의 발치에 놓은 갈색 고무 다라이에는 작은 조개들이 한가득 들어 있었다. 은해는 자야 했다. 엄마의 손에는 비리고 역한 조개 냄새가 배어 있을 것이다.

은해는 이불 속으로 기어들어갔다. 조개처럼 몸을 오므렸다. 이불을 턱까지 잡아당기고 낮은 천장에 달처럼 걸려 있는 노란 백열전구를 올려다보았다. 백열전구가 시계추처럼 흔들렸다. 은해는 배를 타고 있다는 착각이 들었다. 멀미처럼 어지러웠다. 좁고 오목한 조개 속을 칼끝으로 긁어내는 작고 날카로운 소리가 규칙적으로 들려왔다. 그 규칙적인 소리를 가르며 불규칙적으로 길고 어지러운 바람 소리도 들려왔다. 백열전구가 조금 더 흔들렸다. 어디선가 덜컹거리는 소리가 났다. 엄마의 칼질은 멈추지 않았다. 은해는 천천히 눈을 감았다 떴다 했다.

빨간 플라스틱 바가지가 가득 차야 엄마는 잠을 청할 것이다. 자장자장 우리 아가, 토닥토닥 등을 두드려 재워달랄 수는 없었다. 은해도 엄마의 비리고 역한 손냄새를 맡고 싶은 건 아니었다. 바람이 몹시 불고 있었다. 조개 까는 소리와 바람 소리를 들으며 은해의 정신은 외려 더 말똥말똥해지고 있었다.

그 시절, 바람이 부는 밤에는 곧잘 정전이 되었다. 정전. 말 그대로의 깜깜함.

불이 꺼졌다. 불현듯 엄마의 칼질 소리가 멈추었다. 눈앞에 노란 백열전구의 잔영이 불꽃놀이처럼 어른거렸다. 그러나 이내 완벽한 어둠이었다. 눈을 감아도 떠도 똑같은 어둠이었다. 은해는 오줌이 마려웠다. 그리고 무서웠다. 멀리서 개 짖는 소리가 들려왔다. 바람은 부숴버릴 기세로 덜컹덜컹 문을 흔들어대고 있었다. 작은 한숨 소리. 이내 멈추었던 엄마의 칼질 소리가 이어졌다. 뭐 하는 거야 엄마. 보이지도 않으면서. 어둠 속에서도 엄마의 동작은 거침이 없었다. 차각차각 조개껍질 부딪히는 소리가 아까보다 몇 배는 더 큰 소리로 은해의 머릿속을 울렸다. 곱게 빗은 머리칼이 한 올 한 올 일어서는 것 같았다. 은해는 깜깜한 어둠 속에서 칼질 소리와 바람 소리를 들었다. 온몸이 귀가 되어버린 것만 같았다. 무서웠다. 은해는 이불을 움켜쥔 손아귀에 아프도록 힘을 주었다.

"엄마……."

제발 그만요. 쥐어짜듯 목울대를 넘어온 목소리 끝이 길게 떨렸다. 엄마 무서워요. 그만해요. 무서워요.

"안 되겠다."

순간적으로 은해는 이불을 머리끝까지 뒤집어썼다. 칼을 든 엄마가 제게로 온다고 생각한 것이다. 오줌을 지린 팬티가 척척했다. 조개처럼 단단하게 오므리고 있던 몸뚱어리가 기운 없이 늘어졌다.

어둠 속에서 엄마가 무언가를 뒤척거리는 소리가 들려왔다. 엄마는 초를 켰다. 은해는 시린 눈을 한동안 깜박거렸다. 조개를 까는 엄마의 모습이 벽에 커다랗고 검은 그림자로 나타났다. 기계 같은 동작이 다시 반복되고 있었다. 누군가의 울음소리처럼 바람이 불고 있었다. 은해는 그림자 엄마에게 말했다.

"바람이 많이 부나 봐, 엄마."

"……바람이야 늘, 언제나 부는 거잖니."

커다랗고 검은 그림자가 움직였다. 커다랗고 검은 조개도, 커다랗고 검은 칼도 촛불처럼 일렁거렸다.

"무서워요, 엄마."

"자면 안 무섭다. 어서 자라."

엄마. 그림자 엄마는 입을 다물었다. 조개 까는 소리는 그치지 않았다.

나는 바람 소리가 무서워, 엄마. 조개 까는 칼질 소리도 무서워, 엄마. 깜깜한 것도 무서워, 엄마. 그리고 엄마. 나는 엄마가 무서워. 제일 무서워. 자도 소용없어. 자면서도 무서워, 엄마. 엄마가 무서워 죽겠어.

팔을 앞으로 뻗어 두 손을 마주하고 발동작만으로 앞으로 나아간다. 처음으로 수영 비슷한 동작을 익히고 있다. 거짓말처럼 몸이 물 위에 떠서 앞으로 나아간다. 은해는 숨을 참고 물 속을 들여다본다. 물 속은 의외로 환하다. 야간근무로 오후 시간을 집에서 보내게 될 것이 싫었다. 스포츠센터에 등록하게 된 건 다분히 충동적인 결정이었지만 은해는 수영이 마음에 든다.

은해는 다리를 곧게 펴고 물살을 가른다. 물이 아닌 내가 흐르고 있다는 느낌. 물이 나를 씻기는 것이 아니라 내가 물을 씻기고 있다는 느낌. 은해는 수영이 마음에 든다. 그러나 주말인 내일은 수영을 하는 대신 출근 전에 청계천에 가야 한다. 대박기획 민 사장은 은해에게 미스 진처럼 격일로 나와달라고 말했다. 생각해보겠다고 했다.

—이, 더러운 것.

엄마의 목소리. 그림자처럼 검게 일렁이는. 은해는 그만 기우뚱 중심을 잃고 참고 있던 숨을 내쉰다. 물을 먹는다. 매섭게 등짝을 내리치던 손바닥.

—더러워. 빨리, 빨리 깨끗이 씻어!

바닥에 발이 닿지 않는다. 다급한 호루라기 소리가 멀리서 들려온다. 그날 밤의 정전처럼 물 속이 어두워진다.

"아까는 큰일날 뻔했어요."

젖은 머리칼을 말리던 은해는 수영강사를 돌아다본다. 수영강사는 이온음료의 캔 뚜껑을 열어 은해에게 내민다. 캔 뚜껑을 열어주는 것과 그렇지 않은 것의 차이를 수영강사는 알고 있는 듯하다. 가볍게 목례를 하고 별수 없이 받아든다.

"그렇게 깊은 곳까지 무서워하지도 않고. 다음부턴 조심하세요."

수영강사는 이온음료 캔을 만지작거리는 은해에게 들이켜라는 듯 턱짓을 한다.

"그래도 운동신경이 좀 있으신가 봐요. 초급반 중에서 습득이 제일 빠른 편이에요. 아직 제대로 뜨지도 못하는 아줌마들도 많은데."

아줌마들. 은해는 강사가 짐짓 두리번거리는 것을 본다. 은해도 휴게실 안을 훑어본다. 수영 초급반 여자들의 모습은 보이지 않는다. 사실 물안경을 낀 그들의 얼굴을 모두 익힌 것도 아니다.

"박은해씨 맞죠? 처음엔 여, 이 은혜씬 줄 알았어요."

바다 해자 은해씨죠. 앞으로도 이름에 대해 말하는 남자에게 약해질 것 같다.

"헬스는 안 하세요? 제가 헬스도 개인지도 하고 있는데."

어제는 날짜를 일 주일 앞둔 최 대리의 청첩장을 받았다. 야간근무 탓에 직접 받은 것도 아니었다. 직접 주었다면 최 대리는 은해에게 어떤 표정을 지어 보였을지.

"운동 잘하시니깐, 여자들한테 인기 많으시겠어요."

결코 최 대리가 알아채지 못할 일. 은해는 입꼬리를 많이 올려 수영강사에게 미소를 지어 보인다. 겨우 이건가 하면서도.

빈약한 은행나무

"아가씨, 801호 살죠? 3단지 106동."

휴게실 등받이 없는 긴 의자에 앉아 에어로빅 실내화를 신고 있는 801호 젊은 여자에게 윤자는 말을 건넨다. 선뜻 손에 쥔 음료수 캔을 건네기가 망설여진다.

"절, 아세요?"

새침한 표정의 얼굴에서 윤자는 경계의 빛을 읽는다.

"처음엔 누군가 했는데 엘리베이터에서 몇 번 본 것 같더라구……."

"아, 네."

801호 젊은 여자는 등을 구부리고 마저 신발끈을 꿴다. 윤자는 이 젊은 여자에게 전전긍긍하고 있는 자신을 이해할 수 없다.

"음료수 마실래요?"

"아뇨, 괜찮습니다. 좀전에 마셨거든요."

깍듯이 냉정한. 801호 젊은 여자는 윤자에게 아무것도 물어오지 않는다. 그것은 너무나 당연한 일이다. 윤자도 그렇게 생각한다.

에어로빅 강사는 긴 파마 머리를 하나로 묶고 짙은 화장을 한 삼십대 초반의 여자다. 여러 색깔의 새도우를 짙고 넓게 바른 눈두덩은 오페라 가수의 분장을 연상시킨다. 그녀는 호루라기 대신 두 개의 나무 막대를 딱딱 두드린다. 나무 막대나 호루라기가 필요없을 정도로 그녀의 목소리는 충분히 높고 우렁차다. 반짝이는 타이즈 탓에 그녀의 종아리는 더욱 딴딴해 보인다. 그녀의 몸은 권투선수들이 펀치 연습을 하는 작고 둥근 샌드백을 떠올리게 한다.

서른 명 남짓한 에어로빅 반에서도 801호 젊은 여자가 제일 나이가 어린 듯하다. 이번에도 젊지 않은 여자들은 힐끔힐끔 801호 젊은 여자를 쳐다본다. 무엇보다도 에어로빅이 별 필요 없어 보이는 몸매이기 때문일 것이다. 그러나 윤자처럼 흐느적거리는 기운 없는 동작.

801호 젊은 여자를 바라보며 윤자는 아파트 단지 가로변의 빈약한 은행나무를 떠올린다.

이사 오기 전 살았던 오래된 동네엔 굵기가 족히 한아름은 됨직한 은행나무들이 흔하게 심어져 있었다. 오래된 동네, 오래된 은행나무들. 아스팔트 보도블록 밑으로 나무의 뿌리는 깊고 단단하게 뻗어 있었다. 그것들은 매우 컸고 오래된 동네만큼이나 나이가 많았다. 오래된 동네에 뿌리내렸으므로. 오래된 은행나무 없는 오래된 동네를 상상할 수는 없었다. '은행골 슈퍼' 옆에 '은행나무 분식'이 있었다. 새로운 길은 은행나무를 피해 에둘러 놓여졌다. 여러 그루가 자라난 군락을 좇아 공원이 생겨났다. 함부로 대할 수 없는 나무들이었다. 오래된 동네의 오래된 은행나무에는 당산의 위엄 같은 것이 서려 있었다.

나무는 제 모든 것을 가을에 보여주었다. 은행잎이 노랗게 물들면 커다란 나무 둥치 검은 등걸의 빛깔도 깊어졌다. 단단하고 검은 줄기와 투명하고 노란 잎사귀들. 윤자는 오래된 동네의 오래된 은행나무가 좋았다. 해마다 가을이면 문득 창문을 열고, 혹은 길을 걷다 한참을 서서 나무들을 쳐다보았다. 크고 단단하게 영근 생명에 대한 대견함과 경외심이었을 것이다.

그러나 지난 가을의 은행나무는 윤자를 곤혹스럽게 만들었다. 은행알 때문이었다. 나무는 은행잎에 앞서 은행알을 마구 길바닥으로 떨구었다. 별수 없이 아스팔트 위를 구르던 은행알들은 자동차 바퀴에 무참히 터져나갔다. 으깨어진 은행 열매는 고약한 생내를 풍겼다. 창문을 넘어 집 안에까지 냄새가 스며들었다. 윤자는 코를 감싸쥐었다. 오래된 동네에 오래도록 살면서 일찍이 경험해보지 못한 일이었다.

윤자는 구청에 전화를 걸었다. 매년 은행이 익을 무렵이면 구청에서 일률적으로 그것을 수확해왔다는 것이었다. 그러나 제법 수익을 올릴 수 있을 정도로 많은 은행의 양이 부녀회, 노인회, 복지회 등의 단체에 이권 싸움의 빌미를 제공한 모양이었다. 가로수에 열린 열매를 차지하려는 싸움이 진행되는 동안 나무는 하릴없이 익은 열매를 거리로 쏟아놓고 만 것이다. 지방자치제로 인해 벌어진, 전에 없던 엉뚱한 변화였다. 구청 직원은 불친절한 말투로 물청소 작업을 계획중이라고 했다.

은행잎이 그 흔적을 덮어버리기 전까지, 뒤늦게 노인 몇몇이 짝을 이뤄 비닐 포대를 들고 남은 은행알을 거두러 다니기 전까지 윤자는 떨어져 으깨어진 은행알을 견딜 수 없어했다. 손써볼 엄두가 나지 않는 주검들을 대하는 기분. 윤자는 이사를 가야겠다고 마음먹었다.

오래된 동네, 오래된 나무가 있고, 오래된 길과 집과 오래된 단골이 있는 동네를 떠나야겠다고 마음먹은 것은 은행알 때문이었다. 오래된 은행나무는 쉴새없이 은행알을 떨구었고 그것은 무참히 으깨어졌다. 버스 정류장, 거대한 타이어에 은행알이 짓뭉개지는 것을 볼 때마다 윤자는 무수한 비명 소리를 듣고 있었다. 으아악, 엄마야, 안 돼, 살려줘, 꺄악, 퍽. 윤자는 고개를 돌렸다. 무참한 죽음을 바라본다는 것은 참을 수 없는 일이었다. 나무는 더이상 경외심의 대상이 아니었다. 흡사 살인을 유기하고 방조하는 광신교의 교주 같았다.

그러나 돌이켜보면 윤자는 그 오래된 동네를 떠날 구실을 애써 찾고 있었던 것인지도 모른다.

신도시의 나무들은 빈약했다. 오래된 동네의 나무들에 비한다면 좀 우습다는 생각까지 들었다. 주먹 하나만한 굵기에 연약하고 볼품없는 은행나무는 시든 잎을 그대로 매단 채 찬바람을 맞고 있었다. 굵기가 제법 됨직한 공원의 정원수들은 옮겨 심은 몸살을 앓는지 가을이 되어도 떨굴 잎이 변변치 못했다. 소나무나 잣나무 같은 사철 품종도 색깔이 선명하지 않았다. 뿌리내리지 못하는 나약함. 나무는 겉돌고 있었다. 윤자는 그 나무들이 신도시를 신도시답게 만들고 있다고 생각했다. 삶의 새삼스러운 생경함. 오래된 동네의 오래된 나무를 바라보던 경외심 대신 윤자는 일종의 연민으로 신도시의 빈약한 나무들을 바라보았다.

아름다운 얼굴과 가는 몸매지만 생기 없이 늘어진 퇴폐의 느낌. 윤자는 801호 젊은 여자가 무성한 잎을 틔우지 못하고 있으리라 직감적으로 생각해본다. 그 뿌리의 나약함을.

"자, 가볍게, 가볍게. 머리 위에서 무언가 자기를 끌어올린다고 생각하세요. 그렇죠. 오케이. 하나 둘, 하나 둘……."

에어로빅 강사는 나무 막대를 딱딱 두드린다. 전면 거울에 비춰진 여자들의 모습은 긴 풍선을 요리조리 꼬아 만든 풍선 인형 같다. 각기 제 모습을 눈으로 좇으며 자세를 교정하려 애쓴다. 빠른 리듬의 팝송이 커다란 소리로 실내를 울려댄다. 에어로빅 강사는 다리를 높이 쳐들어 동작 시범을 보인다. 저것을 활력이라 부르는가. 에어로빅 강사에게서도 이 많은 여자들에게서도 단단하고 아름다운 나무의 모습은 찾아보기 어렵다. 윤자는 이 모든 것이 지나치다 생각한다. 과민한 과잉들.

윤자도 힘껏 다리를 올려본다. 힘겹다. 지친다. 애당초 수영 하나만을 신청했을 일이다.

"……!"

윤자는 돌처럼 굳어 동작을 멈춘다. 에어로빅 강사가 의아스런 표정을 짓는다.

윤자는 원숭이처럼 흉하게 다리를 구부리고 탈의실로 간다.

하혈. 피는 차고 끈끈하다.

윤자는 젖은 팬티를 대충 닦아내고 그곳에 휴지를 덧댄다. 아랫배가 당기듯 아프다. 더없이 몸이 불편하다. 정말 에어로빅은 그만두어야 할 모양이다.

윤자는 아파트 단지 입구의 약국으로 들어간다.

"작년에 폐경되셨다구요. 그럼 초경은 언제셨죠?"

"……열다섯 살 때였을 거예요."

"열다섯요? 그럼 너무 일찍 폐경 되신 거네요."

상담을 하기엔 약사가 너무 젊다는 생각이 든다.

"그런 경우가 있어요. 갑작스럽게 폐경 되신 분들이 소식이 없다가 한참 만에 다시 시작하기도 하죠. 체질에 따라 피곤하면 하혈을 하는 경우도 있지만 그건 아니신 것 같다니까…… 별 걱정은 안 하셔도 될 거예요. 앞으로 드문드문 할 수도 있겠지만 어차피 폐경기 현상일 뿐이니까요."

약사는 대수롭지 않게 말한다. 오십대, 너무 쉽게 단정지어지는 나이. 윤자의 표정에 별 변화가 없자 약사는 다시 말한다.

"정 께름칙하시면 부인과 진찰을 한번 받아보시든지요. 걱정하실 거 없어요. 일시적인 일이죠."

윤자는 오랜만에 생리대를 구입한다.

저녁을 먹고 소파에 눕는다. 요의를 느끼지 않았음에도 한 시간 새 다섯 번쯤 화장실에 들락거린다. 남편과 아들애는 늦는다는 전화를 해왔다. 윤자는 다시 저녁상을 차린다. 다시 저녁을 먹는다. 식욕은 어디에서 오는가. 텔레비전의 볼륨을 죽이고 화면만을 바라본다. 사타구니 사이로 온 신경이 몰린다. 피는 검고 양은 극히 적다. 다시 밥을 먹어야만 할 것 같다. 오랜만에 느끼는 생리대의 낯선 착용감에 윤자는 엉덩이를 비튼다.

"여보, 큰애가 글쎄…… 그걸 시작한 모양이야. 이거 원 아는 척할 수도 없고 내 난처해서. 하필 당신 없을 때 말야."

지방에서 치러진 먼 친척의 결혼식으로 며칠 집을 비웠던 윤자가 돌아왔을 때, 남편은 난감한 표정을 지으며 다급하게 말했다.

"대뜸 화장실엘 들어갔더니 엎드리고 앉아 피 묻은 걸 빨고 있더라구. 얼른 문 닫고 못 본 척하긴 했는데…… 당신 서랍에서 그것도 꺼내간 것 같애."

윤자는 딸애 방의 문을 열려다 문득 멈칫거렸다. 작은 숨을 내쉬고 새삼스럽게 노크를 했다. 딸애는 책상 앞에 고개를 숙이고 무언가를 적고 있었다. 딸애는 그것을 덮고 윤자를 바라보았다. 딸애는 은행나무 이파리처럼 노란 손뜨개 스웨터를 입고 있었다.

"너 괜찮니?"

"응, 뭐가?"

예상했던 것과는 달리 딸애는 너무도 말짱한 얼굴이다.

"……그거, 시작했다면서?"

"아빠가 말했나 보구나. 에이, 아빠한테 좀 창피하네. 눈치챈 줄은 알았지만."

"괜찮은 거니?"

"응."

민망하도록 가벼운 대답.

"괜찮아?"

"아휴 참, 엄마두. 나 좀 늦은 거잖아. 내 친구들은 벌써 다 하는 걸, 뭐."

겨울방학이 지나면 딸애는 열다섯 살이었다.

"사실 나만 안 하면 어쩌나 좀 걱정했을 정도였어."

딸애가 배시시 웃는다. 그러나 윤자는 왠지 섬찟한 기분이 든다.

"그래도 놀랬을 거 아냐? 엄마도 없었는데."

"그냥 조금. 엄마 하는 것도 많이 봤는데, 뭘. 아침에 일어났더니 기분이 이상하더라구. 딱 눈치를 챘지. 팬티에 묻은 거 보고 좀 그랬는데, 깨끗이 잘 빨았어. 생리대는 엄마 거 가져다 했구. 근데 엄마 생리대는 우리 반 애들이 요즘 쓰는 것보다 좀 나쁜 거 같애."

윤자는 손을 뻗어 천천히 딸애의 머리칼을 쓸어내린다. 탐스럽고 부드럽다. 그러나 낯설다.

윤자는 수십 년 전 자신의 초경을 떠올려본다. 머리 꼭대기가 어지럽던 뜨거운 여름날이었다. 버럭 울음부터 터져나왔던 것 같다. 친정엄마는 천 개짐을 꺼내주고 몸가짐 어쩌구 잔소리를 늘어놓았다. 그 잔소리를 오래도록 들으며 윤자는 웅크리고 앉아 엄마와 함께 무명천으로 개짐을 여러 개 만들었었다.

고리타분한 잔소리는 아니어도 뭔가 기억될 만한 얘기를 해주어야 할 것 같았지만, 윤자는 적당한 문장을 골라내지 못한 채 난처한 얼굴을 하고 있었다. 넌 이제 아이를 가질 수도 있는 몸이야. 늘 아래를 따뜻하게 해야 한다. 어느새 다 컸네, 대견하다, 내 딸래미. 그저 여자로 태어난 게 웬수지 생각해라. 치마 뒤나 요 위에 쉽게 묻을 수 있으니 조심해야 돼. 너도 배보단 허리가 아플 거야, 그런 건 에미를 닮는 법이지. 딸애는 윤자의 뻔한 걱정을 넘겨짚는 모양이었다.

"아프길래 그냥 참다가 아스피린 반 알 먹었어. 진통제 많이 먹어 버릇하면 안 된다면서. 학교에서 가정 선생님이 깨끗이 처리하는 거 많이 잔소리해."

늘 그랬던 것처럼 딸애는 이번에도 제몫 이상을 하고 있는 것이다. 결국 윤자는 자기가 집을 비우지 않았어도 상황은 마찬가지였을 거라 깨닫는다.

"뭘 쓰던 중이었니?"

태연하던 딸애의 얼굴이 이제야 좀 난처해진다.

"응? 그냥…… 아무것도 아니야."

딸애는 덮어버린 노트의 귀퉁이에 손바닥을 얹어놓는다. 뭐든 조숙했던 딸애의 초경은 제 말대로 확실히 늦은 편이란 생각이 든다. 딸애는 화제를 다른 곳으로 돌리고 싶은 모양으로 조금 과장된 표정을 지어 보인다.

"근데근데, 엄마. 있잖아, 나, 꿈 때문인 것 같아."

"꿈?"

"응. 어젯밤 꿈이 좀 이상했어. 기분 나쁘게."

그 나이엔 곧잘 강간을 당하는 꿈을 꿀 수도 있다.

"왜 그렇게 되었는지는 기억 안 나는데, 꿈속에서 내가 바늘 같은 걸 막 집어먹고 있는 거야."

"바늘?"

"응. 바늘이랑 칼이랑 뭐 그런 거를 아무렇지도 않게 막 씹어먹었어. 먹을 땐 아무렇지도 않는데, 나중에 막 배가 아프더라구. 콕콕 쑤시고. 그래서 자고 일어났더니 생리가 시작된 거야. ……바늘을 먹어서 피가 난 거란 생각이 들어. 내 꿈 이상하지, 엄마?"

그 뒤로 십 년 동안 딸애는 꼬박꼬박 제 손으로 속옷을 빨아 입고 깔끔하게 뒤처리를 했다. 몇 번 침대 시트를 빨아야 했던 적도 있었지만, 남편이나 아들애의 빨래와 섞이지 않게 저 혼자 세탁기를 돌렸다.

죽기 전 몇 달 동안 딸애에게 생리가 없었다는 것을 윤자는 전혀 알아채지 못했다.

볼륨을 죽인 티브이 드라마 속에서 한 여자가 울고 있었다.

백화점 8층

막 수영을 마친 참이다. 손가락 끝이 허옇고 쭈글쭈글하게 불어 있다. 은해는 젖은 머리를 말리며 천천히 화장을 한다. 에어로빅 운동복을 둘둘 말아 가방 속에 집어넣는다. 출근 시간까지 시간이 너무 많이 남아버린 셈이다. 은해는 오늘부터 에어로빅을 하지 않을 작정이었다. 에어로빅의 의도적인 흥겨움이 처음부터 버겁게 느껴지던 터였다. 수영만을 배웠을 일이다. 수강료가 조금 아깝다는 생각이 들었지만, 수영강사에게 부탁하면 남은 시간을 헬스와 맞바꿀 수 있을지도 모르겠다 생각하며 은해는 스포츠센터를 빠져나왔다.

은해는 여유로운 기분으로 에스컬레이터를 타고 8층에 내려섰다. 백화점 8층은 생활용품 매장이다.

옷이나 구두 액세서리 따위를 구경하며 시간을 보내는 것도 좋겠지만, 스포츠센터를 나오던 첫날부터 은해는 시간을 내어서라도 백화점 8층을 실컷 구경하겠다고 마음먹었던 참이다.

은해는 커피숍 앞에서 소프트 아이스크림을 샀다. 그것은 하얗고 부드러우며 바닐라향이 난다. 바닐라는 바나나가 아니다. 바닐라는 향이 나는 난초의 일종이라고 한다. 은해는 '닐' 자를 발음할 때의 특별한 느낌이 좋다. 은해는 소라 껍질 모양으로 말린 소프트 아이스크림을 핥아먹으며 느린걸음으로 매장 안을 돌아다닌다. 명절을 앞둔 백화점은 다소 번잡하다.

백화점 8층은 은해에게 각별한 느낌을 준다. 이곳에 오면, 살아야겠다는, 이런 것들을 놔두고 죽을 수는 없다는, 이런 것들을 사용해보지 못하고 절망해버릴 수는 없지 않은가 하는 맹랑한 생각이 들곤 한다.

아름답고 세련된 물건들. 이곳의 물건들이 마음에 드는 이유는 직접 사용할 수 있다는 점 때문이다. 이토록 아름답고 세련된 물건들을 고이 모셔놓기만 하는 것이 아니라 그것을 직접 사용한다는 것. 그것은 단순한 장식 이상이다.

아름답고 세련된 그릇에 담아 먹는 아름답고 세련된 음식, 아름답고 세련된 침구에서 자는 아름답고 세련된 잠, 아름답고 세련된 욕실 용품으로 씻는 아름답고 세련된 몸. 아름답고 세련된 소품으로 인해 아름답고 세련되어지는 음식과 잠과 몸. 음식과 잠과 몸이 아름답고 세련되어지는 것이 곧 행복이라 은해는 생각한다. 이곳에서는 그 행복이 당장이라도 이루어질 것만 같다. 아름답고 세련된 물건들로 삶의 격은 쉽게 높아진다. 그리고 그것은 예쁘게 세트가 꾸며진 광고의 한 장면처럼 너무나 완벽하다. 은해는 그걸 바란다.

미키 마우스가 그려진 소꿉 같은 유아용 식기, 이국적인 분위기의 법랑들, 빛나는 크리스탈 술잔과 섬세한 세공의 티스푼 세트, 퀼트로 만든 다용도 받침과 십자수가 놓인 식탁보, 화가들의 그림이 프린트된 도자기 커피잔과 조화로 만든 벽걸이 장식. 미니어처 술병들은 은쟁반에 받쳐져 있다. 그것들의 비현실적인 가격은 은해를 기죽이지 못한다.

은해의 머릿속에는 누구도 침범할 수 없는 커다랗고 견고한 부엌과 욕실과 침실이 있다. 그것을 백화점 8층의 아름다운 물건들로 채우는 공상은 더없이 즐거운 것이다.

매끈한 재질의 하이그로시 부엌 가구를 놓은 주방과 식당. 커다란 유리 볼에는 이것저것 과일을 담아 식탁 위에 올려놓을 것이다. 그 과일이라는 것이 꼭 껍질째인 파인애플과 블랙베리, 오

렌지나 바나나, 청포도 같은 것이어야 한다고 은해는 생각한다. 백화점 점원의 설명처럼 푸른색 유리 볼에는 샐러드를, 스테인리스 볼에는 나물을 무치는 게 적당할 것 같다. 거품을 내는 채나 프라이팬 뒤집개, 크고 작은 국자 같은 조리기구는 스테인리스 재질보다 말끔하게 마감된 파스텔 톤의 색색깔 플라스틱이 좋겠다.

은해는 엷은 분홍색 바탕에 자주색 스페이드 무늬가 규칙적으로 찍힌 쿠션을 손바닥으로 꾹 눌러본다. 무슨 향기가 나는 것 같다. 만화에서처럼 핑크 하트가 퐁퐁 솟아나는 순간.

싱크대의 커다란 서랍들을 가득가득 채우는 게 중요하다. 자주 사용하지 않을 만한, 딱히 필요가 있을까 하는 물건들도 반드시 구비해두어야 한다.

예를 들어, 코르크 마개 오프너나 만능 조리기는 물론, 멜론의 껍질을 예쁘게 벗길 수 있는 전용 커터, 피자를 조각으로 자르는 룰렛 칼, 별 모양으로 얼음을 얼릴 수 있는 얼음틀, 플레인 요구르트 발효기, 달걀 프라이 전용 하트형 프라이팬, 길쭉한 스파게티 국수통, 생크림을 만드는 자동 거품기, 클로버나 마름모, 고양이나 나비 등 각종 모양을 찍어 과자를 구울 수 있는 쇠틀도 필요하다.

도마도 세 개쯤 마련해두어야 한다. 야채를 써는 것과 생선이

나 육류를 써는 것, 그리고 바게트나 롤 케이크를 써는 빵 도마까지. 은해는 꽃다발 그림이 찍힌 둥그런 나무 재질 빵 도마를 점찍어두었다. 그러고 보니 톱날 모양의 빵칼도 필요하다. 한식, 양식, 중식, 일식 요리를 코스로 담아낼 수 있는 그릇 세트는 디자인이 상이한 것으로 두 벌씩 준비할 것이다. 같은 무늬로 다양한 크기의 쟁반도 한 질 구입해야 한다. 조미료통은 서너 개가 한 세트인 식탁용과 열두 가지 양념을 담을 수 있는 것으로 역시 두 종류. 소금, 설탕은 물론 통후추에 파슬리 가루까지.

간단히 말하자면 그런 생활이다. 물과 술, 커피와 우유, 탄산음료와 전통차, 그리고 과일주스를 제각기 다른 '전용 잔'에 따라 마시는 생활, 그것이 너무나 당연한 그런 생활. 그 아름답고 세련된 생활이 완벽한 집을 만들 것이다. 완벽한 집.

욕실 용품 코너다. 은해는 즐거운 상상을 멈추지 않는다.

욕실 벽에는 짙은 카키색 타일을 바르겠다. 비데와 욕조와 세면기는 카키색과 조화를 이룰 수 있는 엷은 옥색을 구해볼 생각이다. 짙은 카키색 타일이나 엷은 옥색 욕조는 어떤 잡지에서도 본 적이 없기 때문이다. 그러므로 여성 잡지의 인테리어 탐방 코너에 멋진 사진이 찍힐지도 모를 일이다.

욕실은 충분히 넓어야 한다. 표면에 굴곡이 있는 반투명 유리로 작은 샤워 룸을 만들 것이다. 욕실 장 안을 상상하는 것도 아주 즐거운 일이다. 과일향이 나는 색색의 비누를 커다란 유리 단지 안에 가득 담아놓을 것이다. 은해는 욕실 용품 코너에서 달걀만한 크기의 포도, 사과, 키위, 딸기, 레몬 비누를 집어들고 하나하나 향기를 맡아본다. 특이한 성분이 가미된 수입 입욕제들과 샤워코롱, 바디오일, 동물 모양의 스펀지를 준비하는 것도 재미있을 것이다. 욕실 앞에 털이 푹신한 러그를 까는 것도 잊어서는 안 된다.

은해는 아주 기분이 좋다. 침실과 거실과 욕실과 주방에선 각기 다른 향내가 날 것이다. 삶은 포푸리 이파리처럼 향기롭고 가벼울 것이다.

문득 욕실 용품 코너 한켠에 진열되어 있는 유아용 욕조가 은해의 시선을 끈다. 보트 모양의 연분홍 플라스틱 욕조. 어느 아이인가 이 사치스러운 욕조 속에서 둥근 배를 내밀고 까르륵거릴 것이다. 욕조 속의 아이. 그러나 은해의 머릿속에 떠오르는 것은 보트 모양의 연분홍 플라스틱 욕조가 아닌, 찬 지하수를 담아두었던 갈색 고무 목욕통. 어린 은해가 욕실과 화장실을 겸해 썼던 어둡고 서늘한 부엌. 갈색 고무 목욕통 속의 어린 은해.

—이 더러운 것.

은해는 고개를 돌린다. 끝없는 밑으로 떨어지는 기분.

—더러워. 빨리, 빨리 깨끗이 씻어!

매섭게 등짝을 내리치던 손바닥. 정수리로부터 쏟아지던 찬물. 파랗게 입술이 질렸던 갈색 고무 목욕통 속의 기억. 은해는 화끈거리는 등을 움찔거리며 아랫입술을 깨문다. 눈물겹도록 아름답고 세련된 물건들. 어떻게 다시 아름답고 세련된 상상으로 돌아가나. 은해는 현기증처럼 주위를 두리번거린다.

은해는 사람들 사이로, 아무도 알지 못하는 사람들 사이로 걸어간다. 아무도 백화점 8층의 즐거운 공상을 방해할 순 없다. 그러나 아무도 알지 못하는 건 아니다.

"……?"

한 중년 여자가 진열대 위의 무언가를 슬그머니 주머니로 집어넣은 것과 은해가 그 중년 여자와 눈이 마주친 것은 거의 동시였다. 또한 은해가 그 중년 여자를 기억해낸 것 역시. 중년 여자는 스포츠센터에서 수영과 에어로빅을 같이 수강하고 있는, 엊그제 은해에게 알은체를 했던 이웃집 여자다. 이웃집 중년 여자는 무언가를 집어넣은 주머니 속에서 자연스레 맨손만을 빼낸다. 그리고 은해에게 다가와 필요 이상 반가운 미소를 건넨다. 은해의 목격을 조금도 당혹스러워하지 않는 표정이다.

"여기서 또 만났네. 오늘은 에어로빅 안 했나 봐요?"

은해는 당혹스럽다. 마지못해 대답한다.

"네. 그냥, 이것저것 구경하고 있었어요."

"나돈데, 셔틀버스 시간도 남았고 해서."

이웃집 여자는 너무나도 태연하다. 분명 눈이 마주쳤었다. 도대체 뭘 하고 있었던 거죠? 주머니 속엔 뭐가 들어 있는 거예요? 은해는 이 야릇한 미소를 도통 읽을 수 없다.

"예쁜 거 참 많죠? 젊은 아가씨니깐 이런 데 관심이 많나 봐. 나는 사람 많고 번잡스러워서 구경도 제대로 못 하겠구……."

어서 내 주머니를 뒤져봐. 이웃집 여자의 태도는 마치 들키기를 기다렸다는 듯하다.

갑자기 이웃집 중년 여자가 침구 세트로 손을 뻗어 찌이익, 소리를 내며 줄무늬 베갯잇의 지퍼를 연다. 흰 비둘기라도 튀어나올 것 같았지만 베개 속엔 아무것도 없다. 은해는 이 중년 여자가 더없이 불편하게 여겨진다. 원치 않는 무언가에 얽히고 싶지 않다는 강한 거부감이 드는 것은 이미 그 무언가에 얽히고 있다는 반증일 수 있다. 결국 은해의 즐거운 공상은 이웃집 중년 여자의 방해로 끝난 셈이다.

은해는 시계를 들여다본다. 자리를 피할 궁리를 한다. 점원에게 여자의 주머니를 뒤져보라 말할 수도 있겠지만.

"항상 저녁 때 지하철 타러 가는 것 같던데……."

"통신회사에 다녀요. 당분간 밤근무라서 출근이 늦죠."

"아, 그랬구나. 나는 낮 시간에 스포츠센터 나오길래……."

술집이라도 나가는 줄 상상하고 있었단 말이야? 은해는 자꾸 말끝을 흐리는 이 이웃집 중년 여자가 더없이 불편하다. 문득 어쩌면 스포츠센터의 다른 여자들도 모두 그런 짐작을 하고 있을지도 모른다는 생각이 든다. 수영강사도? 은해는 어제 못 이기는 척 수영강사에게 호출번호를 일러준 참이었다.

"저, 미안한데……."

"……?"

같이 도둑질이라도?

"실은 이사 온 지 얼마 안 돼서 집 안이 휑하거든. 뭘 좀 꾸며 볼까 하는데 영 보는 눈이 없어놔서 말이야. 주전자나 커피잔도 새로 사야 할 것 같고. 방석이나 쿠션도 칙칙하구. ……괜찮다면 아가씨가 고르는 것 좀 도와줄래요? 몇 가지만. 부담 갖지 말고. 아직 출근 시간 좀 남았을 테니깐."

은해는 복잡한 백화점에서 태연하게 무언가를 훔친, 은해의 목격을 조금도 개의치 않아하는 이웃집 중년 여자를 똑바로 쳐다본다. 물에 뜨는 기초동작을 배울 때 꽤나 고생하던 모습이 문득 떠오른다.

이웃집 중년 여자가 진열대 위에 놓인 아라베스크 무늬의 테이블보를 가리킨다. 무늬는 크고 작은 물음표들이 복잡하게 얽힌

모습이다. 거부할 수 없는 고갯짓. 은해가 여직껏 백화점 8층의
물건을 실제로 구입해본 적이 없음은 물론이다.

딸의 애인의 아내

명절 연휴를 얼마 남기지 않은 일요일. 윤자는 예의 자세로 소파에 길게 누워 티브이를 보고 있다.

아들애는 학교 도서관에 간다며 일찍 집을 나섰고, 골프 약속이 있다는 남편도 커다란 가방을 챙겨 들고 오전에 집을 나섰다.

적은 양이었지만 이틀 정도 비치던 피는 멎은 듯했다.

윤자는 문득 지금 수영을 하고 싶다는 생각이 든다.

아직은 방향을 잡아주는 스펀지 튜브의 도움을 받아야 했지만 제법 수영이란 이름에 어울리는 동작을 배워나가는 중이었다. 곧 새의 힘찬 날갯짓 같은 멋진 자유형을 익힐 터이다. 물에 대한 처음의 난처함을 생각한다면야 조금 면구스러운 일이겠지만, 수영에 대한 몰입은 윤자 스스로 생각하기에도 고무적이다. 수심 2미터든 3미터든 죽은 것처럼 숨을 참으면 그만이다.

윤자는 정말 지금 수영을 가도 괜찮지 않을까 생각하며 소파에서 몸을 일으켰다. 혼자만의 수영은 왠지 근사할 것 같다. 텔레비전을 끄려다 문득 광고의 한 장면이 윤자의 눈길을 끈다. 커피를 마시는 젊은 여자 탤런트의 커피잔이 눈에 익다. 윤자는 이내 그것과 같은 디자인의 잔을 며칠 전 백화점에서 구입했다는 사실을 떠올린다.

그날 801호 젊은 여자와 함께 고른 장식용품들은 고스란히 백화점 쇼핑백 속에 담겨 있었다. 잊고 있었다고 해야 옳다. 801호 젊은 여자에게 뜬금없는 부탁을 하고 그것들을 죄 사들인 자신이 스스로도 당혹스럽다.

윤자는 쇼핑백 속에 담겼던 물건들을 마루 위에 주르르 쏟아놓는다. 그리고 그것들을 한참 내려다본다. 무늬 없는 옅은 쑥색 카펫 위가 꽃밭처럼 화려하다. 그때 자신이 훔쳤던 것이 무엇이었는지는 기억나지 않는다.

생각하기 나름이겠지만 801호 젊은 여자의 취향은 딸애와 딱 맞아떨어지는 것 같기도 하고, 전혀 비슷하지 않은 것 같기도 하다. 딸애는 무늬 있는 옷을 좋아하지 않았다.

윤자는 도자기 소재의 작은 계란색 단지를 집어든다. 이건 딸애라도 분명 골랐을 물건이다. 모과차나 유자차 재워놓은 것 담아두면 좋겠네요. 801호 젊은 여자가 조심스레 말했었다. 함께 쇼핑하는 동안 한결같던 새침한 표정이 다소 누그러지고 있었다. 손톱만한 색색 꽃송이들이 테두리에 박힌 장식 벽걸이도 있다. 딸애였다면 이건 아니다. 딸애의 방에 꽃이 꽂혀 있던 것을 본 적은 없다. 대신 창가엔 잎이 넓은 작은 화분들이 놓여 있었다. 마른 수건으로 잎을 닦아내는 딸애의 표정이 꽤 진지했던 것 같다. 그 창가 옆에는 목이 길고 눈동자가 없는 여자의 그림이 걸려 있었다. 엄마 이걸 그린 사람은 이 여자를 사랑하는 사람이었어, 그림에서 그걸 느낄 수 있다구요. 하지만 그건 너무 슬픈 일이 되고 말았어요. 딸애는 대학원에서 미술사를 전공하고 있었다.

난감했다. 두 개의 쇼핑백 속에서 카펫 위로 잔뜩 쏟아져나온 물건들의 용도는 대부분 '장식'이었다. 윤자는 발 디딜 곳을 몰라 잠시 휘청거린다. 티스푼 세트와 사방연속 무늬 쿠션 커버, 지점토로 만든 이쑤시개통, 스탠실로 무늬를 찍은 냄비받침. 윤자는 되는 대로 다시 쇼핑백 안에 물건을 쓸어담았다. 이제야 생각났다. 그때 슬쩍 주머니 속으로 집어넣은 유아용 플라스틱 포크. 풍선껌처럼 어처구니없는.

카펫 위에 마지막으로 남은 것은 냉장고에 부착하는 장식 자석 다섯 개다. 801호 젊은 여자는 포도와 레몬과 달걀 프라이와 조각 치즈와 콜라병 모양의 장식을 골랐다.

윤자는 포도와 레몬 자석을 집어든다.

두 자석은 서로 조금 엇갈려 붙는다. 정확히 아귀를 맞춰 붙이려 할 때 어김없이 약간의 추력(推力)이 서로를 밀어낸다. 윤자는 그 밀어냄이 신경질적이라 느낀다. 그러나 두 개의 둥근 자석은 완전히 서로를 거부하지 못하고 마주 붙는다. 그것은 다소 비겁하고 또 서글프다. 맞붙는 것과 어긋나는 것이 동시에 일어난다.

윤자는 의미 없이 자석을 붙였다 떼었다 반복하며 801호 젊은 여자에게 이 자석들을 주어야겠다고 생각한다.

전화벨이 울린다. 아들이나 남편은 아닐 터이다. 윤자는 자동응답기를 켜놓지 않았음을 알고 송수화기를 집어든다.

"여보세요."

"저…… 윤소영입니다."

"실례지만 몇번에 거셨죠?"

"대학원 권 교수, 안사람이에요."

권 교수, 그리고 윤소영. 윤자는 결코 낯설 수 없는 두 이름을 오랜만에 되뇌어본다. 송수화기 건너편에서 소란스러운 소리가 들려온다. 어떻게든 자기의 의도를 전해야겠다 애쓰는 듯하지만 불분명하게 들려오는 윤소영의 목소리는 허둥대고 있다.

"갑자기 연락드려서 죄송합니다."

시사 프로그램에서 심심찮게 등장하는 변조된 목소리 같은.

"이사 가신 줄 몰랐어요. 외람된 말씀이지만 만나뵈었으면 해서요. 여기 지금, P백화점 8층 커피숍이에요. 드릴 말씀이……."

윤자는 무심한 표정으로 손바닥 안의 장식 자석을 바라보았다. 딸애라면 어떤 모양을 골랐을까. 마음의 동요 같은 것은 없었다. 다만 오늘 수영을 할 수 없을지도 모른다는 생각이 들었을 뿐이다. 송수화기 저편으로부터 느껴지는 어떤 절박함, 거부할 수 없는. 공중전화 동전 떨어지는 소리가 들려온다. 윤소영은 휴대폰을 가지고 있을 터인데 말이다.

"고맙습니다. 절 별로 만나고 싶어하지 않으신다는 거 잘 알아요. ……저도 그랬구요."

단발의 생머리였던 윤소영의 머리 모양은 굵게 곱슬린 짧은 커트 머리로 바뀌어 있다. 윤자는 어색한 고갯짓으로 인사를 받는다.

백화점 커피숍은 좁고 소란스러웠다. 윤소영은 반쯤 비운 음료수잔의 빨대를 만지작거린다. 윤자는 그녀가 몰라볼 정도로 살이 찐 자신의 몸매를 훑어보고 있음을 안다. 연휴를 앞둔 일요일, 백화점 커피숍은 지나치게 번잡스럽다. 손에 서너 개씩 쇼핑백을 집어든 사람들이 테이블 사이를 쉴새없이 오간다.

"그 모임엔, 나가시지 않죠?"

윤소영은 쉽게 말을 꺼내지 못하고 전전긍긍하고 있다.

"그렇죠, 뭐……."

엉겁결에 포도와 레몬 자석을 집어들고 집을 나온 참이었다. 윤자는 자석을 찾아 주머니 속을 뒤적거리며 주문을 받으러 온 웨이트리스에게 고개를 가로저어 보인다. 두 자석은 여전히 서로를 신경질적으로 밀어낸다. 그러나 조금 엇갈려 마주 붙는다.

"자리를 옮기죠."

윤자와 윤소영은 백화점 지하 주차장으로 내려와 윤소영의 검은색 승용차에 올라탄다. 차 안에는 윤소영이 잊고 내린 휴대폰이 놓여져 있다. 윤소영은 입을 굳게 다문 채 시동을 건다.

"잠깐만요!"

"네?"

윤자는 정면을 응시한다. 801호 젊은 여자다. 체크 무늬가 있는 원피스 위에 걸친 회색 재킷은 언젠가 본 적이 있는 옷차림이 분명하다.

801호 젊은 여자가 윤자의 시선을 가로질러 간다. 키가 큰 젊은 남자와 함께다. 남자는, 수영강사다.

놀란 표정으로 차창 너머를 주시하고 있는 윤자가 의아스러웠는지 윤소영은 윤자의 시선을 좇으며 눈치를 살핀다. 수영팬티를 입은 적나라한 모습만을 보아왔던 터라 한눈에 알아보기는 어려웠지만, 윤자 쪽으로 몸을 돌려 세우고 801호 젊은 여자에게 무언가 말을 건네고 있는 남자는 틀림없는 수영강사였다.

복잡한 백화점 지하 주차장. 바퀴 달린 철제 카트 가득 생필품을 싣고 801호 젊은 여자를 스쳐가는 가족. 고개를 돌리던 801호 젊은 여자는 윤자와 눈이 마주친다. 아주 오랜 잠깐 윤자와 801호 젊은 여자는 서로를 바라본다. 801호 젊은 여자는 짐짓 수영강사 쪽으로 고개를 돌린다.

"사람을 잘못 봤네요. 그만 가죠."

윤소영의 차가 움직였고 윤자는 뒤를 돌아보았다. 수영강사가 801호 젊은 여자에게 차 문을 열어주고 있다. 주차창 형광등 아래 수영강사의 승용차가 하얗게 빛나고 있다.

"저 결혼해요."

지나치듯 무심하게, 그러나 비장한 목소리다.

윤소영은 찻잔을 감싸 쥔 손등에 푸른 정맥이 도드라질 정도로 힘을 주고 있다. 그 힘에 눌린 찻잔에서 더욱 김이 솟아오르는 것 같다.

"그랬군요. ……잘 생각했어요."

윤자는 딸의 애인의 아내였던 여자의 얼굴을 쳐다본다.

윤자와 윤소영은 신도시를 빠져나와 국도변에 자리잡은 전원 카페에 마주 앉았다. 데이트족 사이사이 중년의 남녀도 자리를 차지하고 있다. 카페 중앙 무대에는 요즘은 티브이에 좀처럼 얼굴을 내밀지 않는 흘러간 가수가 통기타를 치며 자신의 히트곡을 부르고 있다. 드문드문 낮은 박수 소리가 들려온다.

　윤자는 문득 801호 젊은 여자를 떠올린다. 걱정스럽다. 어떤 의미의 걱정인지는 알 수 없다.

　"얼마 전에 그 사람 물건들, 책들 모두 정리했어요. 그 동안 엄두가 나지 않아 그냥 내버려두었었는데. 완전히 정리한다는 게 쉬운 일이 아니더군요. 힘들었어요. ······죄송하구요."

　이 젊은 미망인은 누구에게 죄송하다는 말을 하고 있는 걸까. 윤소영은 고개를 들어 윤자를 바라본다. 이제 곧 놓여나게 될, 아이도 없는 젊은 미망인이었다는 기억은 그녀의 생애에 어떤 자국으로 남게 될 것인가. 윤자는 애틋한 마음으로 윤소영에게 눈맞춤을 해주었다. 그러나 이내 돌연한 기분에 섬뜩해졌다.

　"그런데, 왜······ 나를?"

　축하해달라고 청첩장이라도 들고 찾아왔을 리는 없다. 윤소영은 딸의 애인의 아내였던 것이다.

　"실은, 그 사람 서재를 정리하다가. ······이거."

　윤소영은 가방에서 작고 얇은 노트 한 권을 꺼내 탁자 위에 올려놓는다. 윤자는 노트의 주인이 누구인지 물론 대번에 알 수 있다. 눈을 잠깐 감았다 뜬다. 아주 오랜 잠깐이다. 선뜻 내밀기가 조심스러운지 윤소영은 윤자를 난처한 표정으로 바라보고 있다. 윤자는 다시 주머니 속에 손을 넣고 한 손으로 자석을 떼었다 붙였다 한다. 포도와 레몬 자석은 서로를 밀어내며 서로를 당기며 엇갈려 붙는다.

"따님 거 같아요. 같이 찍은 사진도 몇 장 있더군요. 죄송한 말씀이지만 사진은 제가 버렸어요. 이건 함부로 그럴 수 없는 것 같아서. 받지 않으신다면 제가 처리할게요. 하지만 받아주셨으면 해요. 또 무언갈 버린다는 게 제겐 무척 버거워요."

버리는 것이 결코 쉽지 않다는 걸 윤자도 잘 알고 있다.

윤자는 다시 801호 젊은 여자를 떠올린다. 쇼핑에 제법 신이 났던 것 같다. 801호 젊은 여자는 이것저것 쿠션보를 들추며 배시시 어색한 웃음을 웃기도 했다. 빈약한 은행나무. 윤자는 801호 젊은 여자가 걱정스럽다.

"저도 따님을 어떤 식으로든 인정한다는 게 너무 힘들었어요, 그 존재 자체를. 새로 마음먹고 다 잊었다고 생각했었는데…… 그이 서재를 비워내는 일이 제 몸 속을 모두 게워내는 일 같았어요."

윤소영의 목소리에 물기가 묻어난다. 윤자는 자석을 쥐었던 손을 주머니 밖으로 빼낸다. 작고 얇은 노트를 집어든다. 무늬가 없는 푸른색 표지의 스프링철 노트였다.

저 가수가 저렇게 히트곡이 많았나. 윤자는 열심히 노래를 부르고 있는 한물간 가수를 바라보았다. 지그시 눈을 감고 노래에 몰두하고 있는 얼굴이 땀으로 번질거린다. 그는 무슨 바람으로 눈을 뜨고 아침을 맞는가. 휴일에도 쉬지 않고 자신을 기억해주는 사람들에게 노래를 불러주기 위해서? 아니, 그는 자신을 위해 노래를 부르고 있다. 그 찬란했던 기억의 한자락을 놓치지 않기 위해서. 아무도 그의 노래에 귀기울이지 않는다. 바람 소리처럼, 들리므로 듣고 있을 뿐이다.

윤소영은 윤자를 내려주기 위해 아파트 입구에 차를 세웠다.

"뭐 하는 사람이에요?"

"네?"

"결혼할 사람 말예요."

"아, 치과의사예요. ……초등학교 다니는 아이가 하나 있구요. 이혼했대요."

윤자는 차창 너머 빈약한 대로 가을을 맞고 있는 은행나무들을 바라본다.

"윤소영씨 몇 살이죠?"

"……서른하나예요."

윤소영은 쓸쓸하게 웃으며 윤자에게로 고개를 돌린다.

"그래요. 그랬군요."

다시는 보지 못할 얼굴이었다. 악연이었다.

"행복해요."

푸른 노트. 얇고 낡은 딸애의 노트.

곰살궂은 친정엄마처럼 윤소영에게 행복하라고까지 말했지만 윤자는 이 노트를 받고 싶지 않았다. 왜 내게 가져왔냐고, 가져가 태우라고, 그냥 아무 쓰레기통에나 처박으라고 말하고 싶었다.

딸애가 제 애인에게 주었고, 다시 그의 아내가 남편의 애인의 어미에게 돌려준.

윤자는 노트를 펼쳤다.

무난함에 대하여

부신 햇살에 눈이 가늘게 떠진다. 은해는 비뚜름하게 고개를 꺾고 역광을 받아 검게 반짝이는 은행나무 잎사귀들을 바라본다. 높다란 나무로부터 은행잎들이 길거리로 쏟아져내리고 있다. 나무로부터 실족한 이파리들, 아아아아 — 비명처럼 노란 낙하산을 펼쳐든다. 노란 낙하산떼다. 아득하고 환한 하늘. 표표한 노란 낙하. 착지한 어느 낙하산은 불현듯 다시 솟아오르기도 한다. 뭘 어쩌겠다고.

검은 나무는 필사적으로 몸을 뒤척이고 있는 것이다. 잎을 모두 떨군 후, 나무는 로켓처럼 하늘로 솟아오를지 모른다. 발사를 기도하는 나무의 음모.

차창은 흠집 하나 없이 투명하다. 공들여 세차를 한 듯 엷은 와스 냄새가 풍겨온다. 백미러에 달린 봉제 주사위 두 개가 경쾌하게 흔들린다. 주사위는 4와 6, 5와 5를 번갈아 보여주며 흔들리고 있다.

"무슨 음악 좋아해요?"

수영강사는 카세트 데크에 테이프를 집어넣으며 은해에게 묻는다. 은해의 대답에 앞서 스피커에서 최신 유행의 발라드 가요가 흘러나온다. 미끄러질 듯 좋은 음질이다. 은해가 무엇을 좋아하느냐 정말 궁금했던 것은 아닐 것이다. 나는 이걸 좋아한다. 당신도 그렇지 않느냐, 그런 의미일 것이다. 은해는 수영강사에게 고개를 끄덕여준다. 발라드는 무난하다. 나쁠 건 없다.

푸른빛이 돌 정도로 하얀 니트 스웨터를 입은 수영강사는 아주 기분이 좋은 듯하다. 은해는 그 기분에 굳이 훼방을 놓을 필요는 없다고 생각한다. 흰 주사위에 검은 점들, 낙하산처럼 떨어지는 노란 은행잎들, 발라드는 친근한 후렴구로 부드럽게 넘어가고 있다.

차창 밖은 무언갈 증명하려는 듯 속속들이 환하고 투명하다.

"양식 좋아해요?"

이번에도 대답은 필요없다. 수영강사는 은해에게 양식 요리를 사줄 모양이다.

"H하우스라고 알아요?"

H하우스라는 곳에서.

"글쎄요. 들어본 것 같기도 하고……."

"유명하죠. 분위기가 아주 고급스러워요. 맛도 정말 괜찮구요."

"네."

혼자 자주 와봤을 만한 곳은 아닐 텐데요, 묻고 싶지 않다. 수영강사는 미소를 지으며 연신 은해의 표정을 살핀다.

"이따가 영화 볼래요?"

차는 강변을 접하고 상류로 거슬러올라가는 국도변에 들어서 있었다. 초행이었지만 은해는 이 강변을 따라 전원 카페나 러브호텔이 늘어서 있다는 것을 알고 있던 참이다. 제법 차가 많다.

"자동차 전용 극장 가본 적 있어요?"

삼 주 남짓, 수영을 배우는 동안엔 깨닫지 못했던 일이다. 부녀자들을 상대로 수영을 가르치는 이십대 후반의 수영강사. 이 남자는 사적인 대화에선 질문으로 의사 표현을 하는 모양이다. 대답이 별 의미 없는 질문들. 나는 이렇게 할 참인데 당신도 물론 괜찮겠지. 내 선택이 틀림없이 맘에 들 거야. 독선적인 것을 제법 사려 깊은 자신감으로 보이게 하는 처세술을 강사는 알고 있는 것이다.

악의가 아니라는 것을 안다. 하지만 너무 쉽게 파악된다. 뻔한 처세술의 공식을 읽으며 데이트를 하고 싶진 않다. 수영강사와 은해는 H하우스에서 코스 요리로 저녁을 먹고 자동차 전용 극장에서 영화를 보게 될 것이다. 수영강사는 어디가 좋다더라 다음에 꼭 가보자 은근히 애프터신청을 하고—반드시 오늘 괜찮았죠, 물어올 것이다—적당히 늦은 시간에 은해를 집 앞까지 바래다줄 것이다. 나쁠 것까지는 없다. 은해는 일순 수영강사의 모든 것을 알아버린 기분이다. 그날 밤의 최 대리처럼. 그러나 특별한 느낌은 전혀 들지 않는다.

"은해씨는 그 아줌마들 좀 뻔뻔스럽다는 생각 안 들어요? 왜 그렇게 사람 말을 못 알아듣는 걸까요? 알아듣고도 일부러 모르는 척하는 건지, 내 답답해서 원."

자신에게 호감을 가진 사람을 상대하기란 그렇지 않은 경우보다 분명 쉬운 일이다. 호감의 열기에 들떠 이루어지는 계산이 치밀하긴 어렵다. 수영강사는 은해에 대한 자신의 호감을 애써 숨기려 하지도 않는다. H하우스로 가는 동안 수영강사는 은해에게 계속해서 초급반 중년 여자들에 대한 험담을 늘어놓는다.

"자기가 저녁을 사겠다, 술을 사겠다 따로 좀 보자는 아줌마들도 꽤 있었어요. 강제는 아니지만 스포츠센터 측에서 강사들한테 가능하면 수영복을 삼각으로 입으라는 전달 사항이 있을 정도예요. 아줌마들 눈요기라는 식이니, 원."

수영강사는 수영장에서의 자신의 태도가 어디까지나 직업적 상황에 충실함이었다는 걸 잊지 않고 강조한다.

"내가 그런 아줌마들한테 추호도 관심 없다는 거 은해씨 알죠?"

수영강사는 제풀에 흥분한다. 은해는 연신 고개를 끄덕여준다. 수영강사는 은해에게 호감을 가지고 있는 것이다.

수영강사에게 추파를 던지는 건 아니겠지만 수영강사가 험담을 하고 있는 아줌마들 중에는 이웃집 중년 여자도 있다. 백화점 지하 주차장, 검은 승용차 안에서 은해를 바라보던 눈빛. 책망의 표정은 아니었다. 그러나 은해는 고개를 돌렸다. 부끄러웠기 때문은 아니다. 그러나.

최 대리의 결혼식이 지난주에 있었다. 난분분한 노란 낙하. 은해는 신혼 여행에서 돌아왔을 최 대리를 생각한다. 여러 차례 신혼 집들이가 있을 테고, 고기나 회가 차려진 상 위엔 최 대리가 먹지 않는 상추가 놓여질 것이다.

휴일에 바람이나 쐬러 가지 않을래요?─이제 보니 그것도 '질문'이었다. 은해는 수영강사의 평범한 데이트 제의를 쉽게 받아들였다. 에어로빅을 그만두고 헬스를 시작한 지 나흘 만이었다. 바다 해자 은해씨죠. 은해는 최 대리가 결코 알아채지 못할 무언가를 만들 생각뿐이었다. 그것은 특별한 것이어야만 했다. 은해도 자신이 필요 이상 과민하다는 것을 알고 있다. 상대가 수영강사라면 특별한 것에는 벌써 회의적이다. 그러나 이해할 수 없는 가학의 욕구. 어쩔 수 없다.

H하우스. 샹들리에는 크고 화려하다. 깍듯이 예의를 갖춘 웨이터가 은빛 촛대의 긴 양초에 불을 붙인다. 웨이터가 맨 나비 넥타이는 어색하지 않다. 웨이터가 공손히 메뉴판을 놓고 간다. 두꺼운 가죽 표지의 메뉴판을 펼친다. 은해는 수영강사가 제 메뉴판에 반쯤 얼굴을 묻고 자신의 표정을 살피고 있다는 것을 안다. 이것은 결코 특별하지 않다.

이번에도 곧 대답이 필요치 않은 뭔가를 물어올 기세다. 은해는 수영강사의 모든 것을 알 수 있다 자신한다. 수영강사가 자신을 어떻게 바라보고 있는가 역시. 그리고 우선 그 짐작대로 해주리라 마음먹는다. 이해할 수 없는 가학의 욕구.

"전 뭐가 맛있는지 잘 모르겠네요. 골라주세요. 이런 덴 처음이라서……"

메뉴판 페이지를 난처하게 들썩거리며 이런 덴 처음이라고 중얼거리는 제 모습이 배우처럼 느껴진다. 은해가 예상했던 대로 수영강사는 흐뭇함을 감추지 못한다. 수영강사의 눈빛이 아득해진다. 그 눈빛 역시 조금 뻔하다고 느껴진다.

"은해씨는 아직도 소녀티가 나요. 나이든 아줌마들하고 있을 때 봐서 더 그런지 모르겠지만. 화장을 안 했을 때 얼굴이 정말 예뻐요. ……자기가 그렇게 보인다는 거 알아요?"

이럴 땐 웃어 보이는 것보다 눈을 내리까는 편이 효과적이다. 앳된 소녀 배우처럼. 수영강사는 다시 제가 입은 니트 셔츠처럼 환하게 웃는다. 수영강사가 웨이터를 부르는 손짓을 한다.

세련된 분위기에서 아름다운 식기들로 식사를 한다. 아름답고 세련된 H하우스. 예의 백화점 8층에서의 공상이 실현된 것 같다. 괜찮죠? 맛있죠? 수영강사는 연신 묻는다. 은해는 연신 고개를 끄덕인다. 스테인리스 포크와 나이프가 두꺼운 자기 접시에 닿을 때마다 뚜각뚜각 무겁고 진지한 소리를 낸다. 웨이터가 백포도주를 날라와 코르크 마개를 딴다. 유리잔이 맞부딪칠 때 8음계의 '라' 음이 난다. 은해는 다시 수영강사가 원하는 대로 희미하게 웃어준다. 반달형으로 썰린 레몬 조각은 과육이 탱글탱글하다. 장식 파슬리도 싱싱해 보인다. 아몬드 가루를 담은 은빛 종지. 아삭거리는 양상추는 정확히 한 입 크기다. 은해는 흰 접시 둘레에 겨자 소스로 그려진 노란 스프링 무늬를 내려다본다. 이것은 정말 특별한가?

은해는 주차장에서 자신을 바라보던 이웃집 중년 여자의 눈빛을 떠올린다. 내키지 않는 척했지만 같이 수영을 배우는 이웃집 중년 여자와의 쇼핑은 즐거웠다. 뭐가 필요하신데요? 뭐든. 어떤 게 나을까요? 좋을 대로, 또 더요? 얼마든지. 이웃집 중년 여자가 방금 전까지 물건을 훔치고 있었다는 사실을 은해는 까맣게 잊고 있었다. 간사한 건 아니다. 은해가 고른 물건들은 어디까지나 중년 여자의 것이었으니깐. 은해는 출근 시간이 빠듯할 때까지 이웃집 중년 여자와 함께 백화점 8층을 쏘다녔다. 커다란 쇼핑백 두 개가 가득 찼다. 은해는 신이 났다. 이웃집 중년 여자는 희미하게 웃으며 고개를 끄덕이고 가격을 꼼꼼히 확인하지 않고 값을 치렀다. 이웃집 중년 여자의 집은 아름다워질 것이다. 이웃집 중년 여자와의 쇼핑은 특별한 느낌을 주었다. 그러나 은해를 응시하던 주차장에서의 시선.

아름다운 식기들과 부드러운 음식들, 감미롭고 세련된 팝 연주곡, 붉은 벨벳이 덮인 의자의 푹신함. 이것은 정말 특별한가? 은해는 문득 덥다.

자동차 전용 극장에서 은해와 수영강사는 발라드 가요처럼 무난한 로맨틱 코미디 영화를 본다. 은해씨, 팝콘이랑 콜라 어때요? 뻔한 기승전결이 나쁠 건 없다.

어제는 청계천에서 녹음이 있었다. 푸른 빛을 뿜어내는 모니터 화면, 어둡고 좁은 녹음실은 수족관 속 같았다. 낡은 카펫 위의 커피 얼룩. 베드 신은 열네 번이었다. 삼류 에로영화에도 뻔한 기승전결이 있다. 남자는 여자의 술잔에 몰래 가축용 발정제를 탔다. 뻔했다. 베드 신과 베드 신을 연결시키는 뻔한 공식. 남자와 여자는 춤을 추거나 술을 마시거나 전화를 걸거나 자동차를 타고 어디론가 간다.

마지막 장면 남녀 주인공의 키스 신, 은해는 무난한 해피 엔딩을 보며 불현듯 최 대리를, 얼마 전 가까스로 두 동생의 등록금을 냈다는 미스 진을, 또 자기를 바라보던 이웃집 중년 여자의 눈빛을 떠올린다.

푸른 노트

2월의 금요일

나는 지금 도서관에 있어요. 두 시간쯤 모딜리아니 화집을 들여다보았어요. 청록과 갈색의 슬픈 그림들. 그 슬픔은 왜 그토록 고집스런 표정을 하고 있는지. 나는 가련한 잔 에뷔테른을 생각해요. 당신이 말해주었던 소설, 투생의 『욕조』를 찾아 읽었어요. 과연 모딜리아니의 그림에 대한 언급이 있더군요. 움직임이 전혀 느껴지지 않는 완벽한 정지, 그게 모딜리아니의 그림이라 씌어 있더군요. 완벽한 정지는 죽음의 다른 이름일까요. 모딜리아니는 틀림없이 자기 생의 마지막 순간을 알고 있었을 거예요. 그가 잔

을 사랑하며 느꼈을 공포와 죄책감을 생각해요. 그가 잔을 사랑
했기 때문에, 완벽히 정지된 잔의 모습을 그렸기 때문에 잔도 결
국 그렇게 되고 말았던 거예요. 잔을 그리는 '완벽한 정지' 속에
서 모딜리아니와 잔은 무슨 말을 주고받았을까요. 물론 그 말은
침묵이었겠죠. 미안해요, 내 사랑. 당신은 이제 돌이킬 수 없게
되었어요. 상관없어요, 내 사랑. 난 기꺼이 받아들일 거예요.

화장실에 들러 담배를 피우고 그림 속 잔처럼 작고 뾰족하게
입술산을 그리고 립스틱을 고쳐 발랐어요.

나도 모딜리아니가 좋아요. 에콜 드 파리의 귀공자, 흑백사진
속의 모딜리아니가 동자 없는 눈으로 나를 바라보고 있어요. 나
는 가련한 잔 에뷔테른을 생각해요.

2월의 일요일

늦겨울의 햇빛. 화살처럼 내리쬐지 못하고 아스라히 안개처럼
퍼져가는 빛의 미립자들. 손가락만큼 열린 창문 틈새로 바람이
새어들고 있었어요. 나는 당신이 잠든 곁에 누워 오래도록 떨리
듯 일어서는 검은 커튼 자락을 바라보고 있었죠. 그 침묵의 종류
는 불안이었을까요, 평온이었을까요. 샤워를 하고 잠든 당신에게

서 값싼 버블 바스 냄새가 풍겼어요.

그리고 나는, 아아 그게 어느 순간였을까요. 조금 크게 커튼이 풀썩거렸다 생각한 순간, 나는 모든 게 너무나 확연해지는 느낌을 받았어요. 이내 눈앞이 화면 조정한 브라운관처럼 선명해졌어요. 꿈이었을지도 몰라요. 하지만 아득한 밑으로 끝없이 떨어지다 순간 온몸이 공처럼 퉁겨오르는 뚜렷한 기분을 지금도 기억해요.

몸은 가벼웠고 정신은 또렷했어요. 모든 소리를 들을 수 있을 만큼 머릿속이 맑았죠. 급하게 풀어놓은 당신의 손목시계, 그 초침 소리를 들었어요. 벽 속 수도관으로 물이 타고 오르는 소리도 들었어요. 나는 당신이 깨지 않도록 조심조심 움직여 작은 창문을 열었어요. 검은 커튼이 요란하게 풀썩거렸어요. 다시 당신 곁으로 돌아와 누웠어요. 그리고 바람에 실려온 그 소리. 모텔 옆의 골프 연습장, 하늘처럼 둘러쳐진 녹색 그물로 날아간 하얀 공들이 두르르 두르르 쏟아져내리는 소리를 들었어요. 그 고요하고 경쾌한 소리를 나는 온몸으로 들었어요. 내 몸은 하얀 골프공처럼 가볍고 단단해졌어요. 그리고 다시 절박하게 당신의 품을 파고들었죠. 그럴 수밖에 없었어요. 그 순간 내게 분명한 것은 그것뿐이었어요. 그리고 당신은.

2월의 화요일

〈비브르 사 비〉라는 영화를 보았죠. 흑백의 고다르. 난 영화 속 그녀처럼 머리칼을 자르고 싶어졌어요.

그녀의 이름은 나나, 스물두 살. 가난한 애인에게 헤어지자 말하는 그녀, 그리고 지나치듯 무심하게 2천 프랑만 빌려줘. 애인과 헤어지고 영화를 보고 천 프랑을 주운 그녀. 그러나 들켜버린 그녀. 난 책임에 대해 생각해. 담배 피우는 건 내 자유, 내 책임. 오른쪽으로 고개를 돌리는 것도 자유, 내 책임. 눈을 감는 것도 자유, 내 책임. 책임을 잊고 있을 때도 책임은 남아 있으니. 내가 말하고 싶은 건 도망치고 싶다는 거야. 그녀의 이름은 나나. 영화배우가 되고 싶은 그녀, 특별해지고 싶은 그녀, 포주에게 편지를 쓰는 그녀. 저는 제가 예쁘다고 생각해요. 머리칼은 짧지만 아주 빨리 자란답니다. 제 키는 169센티미터예요, 사진을 동봉합니다. 그녀의 이름은 나나, 자신의 삶을 살아간다. VIVRE SA VIE. 그녀가 받은 손님은 광고 사진가, 난 영화를 찍을 뻔한 적이 있어요. 얼마지? 삼천, ……옷 벗는 데 오천. VIVRE SA VIE. 알지도 못하는 사람과. 그녀의 흰 등. 작은 세면대가 딸린 방. 말하지 않고 산다는 건 멋진 일일 거예요. 책 읽어주는 남자, 다시 사랑하게 된 그녀. 룩셈부르크 공원에 가고 싶었던 그녀, 갈 수도 있었던 그녀. 그러나 그녀의 마지막 말은 안 돼, 쏘지 마. 그녀의 이름은 나나, 스물두 살, 자신의 삶을 살아간다. VIVRE SA VIE. 나는 또다른 남일 뿐이에요.

삶을 생각한 순간 죽음이 시작된다는 걸 쓸쓸하게 쓸쓸하게 보여주는 고다르. 그녀는 충분히 특별할 수 있었는데 말이죠.

2월의 목요일

장식장을 열고 몰래 아버지 술을 가져다 마시고 있어요. 집은 물 속에 잠긴 것처럼 조용하더라구요. 취했냐구요. 내 주량 당신 알잖아요.

난 오늘 도둑질을 했어요. 청바지를 훔쳤어요. 당신에게 처음 말하지만 처음은 아니에요. 놀랐나요? 여태 뭘 훔쳐봤냐구요? 립스틱, 잡지책, 과자, 머리핀, 지성용 화장수, 카세트 테이프. 아주 가끔씩 즉흥적이지만 완벽한 기회가 오죠. 치밀한 계획 따윈 결코 없어요.

오늘도 그랬어요. 세일중인 백화점, 산더미처럼 옷을 쌓아놓고 할인 판매를 하는 행사장은 너무나 복잡했어요. 맘에 드는 블라

우스를 골라 값을 치렀죠. 돌아서려다 청바지를 구경하게 되었어요. 청바지를 들고 탈의실에 들어갔어요. 몸에 맞았지만 생각했던 것보다 디자인이 마음에 들지 않더라구요. 바지를 벗다 깨달았죠. 완벽한 기회. 이미 구입한 블라우스가 들어 있는 쇼핑백에 청바지를 집어넣고 탈의실을 나왔어요. 행사장은 아주 넓고 복잡했어요. 아무도 나를 쳐다보지 않았아요. 줄을 서 기다리던 여자가 탈의실로 들어갔어요. 나는 백화점 지하 식품매장으로 내려갔어요. 하얀 소프트 아이스크림을 사 먹었어요. 바닐라향이 비현실적으로 느껴졌죠. 바닐라는 바나나가 아니라는군요.

내겐 어울리지 않는 색깔의 립스틱, 볼 줄도 모르는 컴퓨터 게임 잡지, 입맛에 맞지 않는 조미료 범벅의 튀김과자, 짧은 머리에 꽂을 수 없던 커다란 머리핀, 건성 피부에 맞지 않는 지성용 화장수, 포장도 뜯지 않고 버린 불법 복제 댄스가요 테이프. 그리고 마음에 들지 않는 디자인의 청바지. 나는 그런 것들을 훔쳤어요. 스물다섯, 대학원에 다니며 고미술사로 석사논문을 쓰고 있는, 고고하고 잘난 나는 가끔 내게 아무런 소용 없는 그런 것들을 훔쳐요. 더럽나요? 모순. 이토록 우스운 모순. 당신을 사랑하는 것도 나의 모순이겠죠? 그런데 알아요? 나는 내 모순이 불편하지 않아요. 나의 시치미는 완벽해요. 너무나 완벽해요. 타고난 모순, 쌍둥이자리의 운명이래요.

깊은 밤, 술의 힘을 빌려 당신과 당신 부인의 머리맡에 놓였을 전화를 울려대고 싶어요. 높고 앙칼진 웃음소리를 당신 부인에게 들려주고 싶어요. 그러나 걱정 말아요. 결코 그러지 못하는 나의 무력함도 싫지 않아요. 불편하지 않아요.

나는요, 내가 좋아요, 아니 싫어요. 아직은 괜찮아요.

3월의 토요일

고향집으로 내려간 당신. 나는 도서관에서 신문철을 들여다보며 지냈어요. 검은 하드 커버의 신문철은 크고 무겁고 먼지가 많았죠. 처음 만난 지 얼마 되지 않아 당신은 내게 내가 태어나던 날의 일간지 복사본을 선물한 적이 있었죠. 당신은 그렇게 내게 특별했어요. 그렇지만 오늘은 그렇게 오래된 신문을 보고 싶진 않았어요. 요 몇 달 사이도 싫었구요. 나는 삼사 년 전 신문철들을 뒤적거렸어요. 오래되지 않은 과거들. 내 기억이 까마득하지 않지만 그렇다고 뚜렷하거나 선명하지도 않은 과거. 적당한 지난날. 오래되지 않은 과거는 아직은 아무런 의미도 가지고 있지 않잖아요.

그러나 정작 내 눈길을 끈 기사는 과거와는 상관없는, 당장 내일 신문에 올려도 상관없을 그런 내용이었어요.

과학기사였어요. 혹시 북두십성이라고 들어봤어요? 우리에게 잘 알려진 북두칠성이 실은 일곱 개가 아닌 열 개의 별로 이루어져 있다는 거예요. 두 개의 별이 겹쳐져 한 개의 별로 보이는 것도 있고, 또 큰 별이 두 개의 작은 별을 거느리고 있다는군요. 단순히 흥미롭다는 것 이상의 느낌이었어요. 사실 별자리라는 거 참 인위적인 거죠. 감히 거대한 항성들을 줄 세우고 잇고 자르다니. 그런 어림없는 일이 어디 있겠어요. 게다가 그럴싸한 전설까지. 하지만 고대 희랍의 무지하고 순박한 양치기 목동이 그걸 해낸 거예요. 몇천 년 동안 그 누구도—과학자도 지식인도 권력자도 예술가도—그 목동이 부여한 질서에 감히 시비를 걸지 못했어요. 무지하고 순박한 질서였기 때문일까요. 이론을 세우거나 나라를 정복하거나 명작을 남기는 것보다, 별자리를 만들고 죽은 사람이 더 특별한 건 물론이겠죠.

북두칠성이 실은 북두십성이라 해도 북두칠성이라는 이름을 바꾸진 못해요. 정말 북두칠성은 일곱 개일까요, 열 개일까요. 혹은 다섯 개거나 열세 개일 수도 있어요. 처음부터 일곱 개가 아니었듯이. 북두오성, 북두십삼성. 왠지 유쾌하지 않아요? 별은 그냥 있는 거예요. 줄을 잇대어 짝을 이뤄주지 않아도 처음부터 그냥 있었던 거예요.

의외로 북두칠성이 죽음의 이미지를 가지고 있다고 기사는 적고 있었지만, 나는 아무래도 좋았어요. 수십억 년 전에 일어난 별의 대폭발이 이제야 관측되었다는 뉴스가 있었죠. 별의 소멸. 알전구의 스위치를 내리듯 가볍게, 정말 북두칠성은 내일이라도 두 개쯤 별빛을 꺼버릴지 몰라요. 그리고 북두칠성이 정말 북두칠성이 아닌 북두십성이라면 죽음의 이미지와는 아무 상관이 없다 해도 좋잖아요.

나를 유쾌하게 만드는 그 기사를 복사해두었어요. 당신에게 보여줄게요. 우리 같이 별이 잘 보이는 곳으로 가요. 가서 북두칠성, 북두십성 그 나머지 세 개의 별을 꼭 찾아보고 싶어요. 그리고 나도 희랍의 목동처럼 거대한 항성을 끊고 잇고 줄 세워 별자리를 만들어볼래요. 멋진 전설도 붙여줘야 해요. 그때 당신이 웃으며 손장난으로 내 별자리를 휘저어버린다 해도 상관없어요.

3월의 월요일

이십오 년이 걸린 셈이지만 오늘에서야 깨달았죠.

나는 이십오 년 전 아니 이십육 년 전 뜨거운 어느 여름밤에 만들어졌더군요. 내가 만들어진 그 순간을 처음으로 생각해보았어요. 그건 아직 내가 아닐 수도 있지만 내가 시작된 순간임은 분명해요. 내 부모는 그걸 기억하고 있을까요.

집으로 돌아오는 버스 안에서 우연히 라디오 방송을 들었죠. 두 진행자가 통계 자료를 놓고 우스갯소리처럼 주고받는 얘기란, 우리나라 사람들 중에는 9월, 10월 생이 특히 많다는 거였어요. 왜 우스개냐, 9월이나 10월에 태어난 사람들은 길고 긴 겨울밤의 무료함으로 생겨났다는 거예요. 춥고 긴 밤의 사랑의 결실로 잉태된. 버스 안의 승객들처럼 나도 피식 쓴웃음을 지었죠. 그러나 곧 다소 섬찟한 돌연함으로 손가락을 꼽아보았어요. 쉬운 암산이었지만 손가락이 잘 움직여지지 않더군요. 내가 잉태된 순간.

8월 복중이더군요. 짧고 습하고 더운 여름밤.

나는 그 여름밤을 생각해요. 가난한 신혼부부의 단칸 월세방을 들여다보죠. 끈끈한 습기로 가득 찬 작은 방. 털털거리는 모터가 뿜어내는 열기로 선풍기 바람이 신통찮은 열대야. 하루 종일 다리품을 판 남편은 더위를 먹은 것처럼 조갈증이 나 연신 물대접을 들이켜고. 아내는 귓가를 잉잉거리는 모기를 쫓으며 뒤척거리는 남편의 눈치를 보고. 문득 남편은 제 갈증을 다른 것으로 채우고 싶다는 생각에 아내의 치마를 잡아끌었을 거예요. 아, 낮은 교성을 지르고 아내는 남편의 입술에서 비릿한 물냄새를 맡았을 거예요. 짧고 습하고 더운 밤, 짧고 습하고 더운 교미, 그리고 나의 짧고 습하고 더운 기질.

　복중은 아니지만 짧고 습하고 더운 것 같아 오늘밤은 잠이 오지 않아요.

　생일에서 280일쯤 거슬러올라가면 당신이 만들어지던 순간이 있어요. 내가 나를 어쩔 수 없던 완벽한 무력의 순간. 아니오, 셈하지 말아요. 그러지 않는 게 좋겠어요.

가죽 장갑의 마지막 용도

　명절 연휴의 마지막 밤. 은해는 이불을 뒤집어쓴다. 머릿속까지
환한 기분. 잠은 오지 않는다. 한 달 남짓 이 시간엔 늘 깨어 있었
고 사람들에게 메시지를 전했다. 그날 이후 종종 다르게도 전했
다. 십 분만 기다려달라는 내용을 이십 분만 기다려달라고 전송
했다. 아무런 항의도 문제도 없었다. 수영강사는 은해에게 매일
음성 메시지를 남기고 있다. 잘 지내죠? 어김없이 묻는다. 수영강
사의 휴대폰에 문자 메시지를 남겨야겠다 생각한다. 절박하던 여
자의 목소리처럼 '기다리고 있음, 늘 그곳 304호.' 303호, 304호,
303호, 304호, 303호, 304호…… 아무 곳에서도 기다리지 않는
다. 어쨌든 수영강사는 은해를 303호로든 304호로든 데려가고

싶은 게 틀림없다.

은해는 화들짝 놀란 것처럼 이불을 걷고 일어나 가방 속을 뒤적거린다. 은해는 제 가방 속에서 아버지의 장갑을 꺼낸다. 손가락 끝이 허옇게 닳고 가죽은 긴장감을 잃어 헐겁고 나달나달하다. 집에서 가져온, 아니 훔쳐온 아버지의 검은 가죽 장갑.

완벽했던 어둠의 방. 차각차각 조개껍질 쌓이던 소리. 천장 가운데 노란 달처럼 떠 있던 둥근 백열 전구.

이제는 그 자리에 끝 부분이 검게 변한 길쭉한 형광등이 지붕 모양의 녹슨 갓을 쓰고 매달려 있었다. 이곳에 무언가 새것이 들어온 적이 있었던가. 14인치 티브이와 얼룩진 벽지, 오랜 흠집이 무늬가 되어버린 옷장과 서랍장. 그리고 그 낡은 가구 중의 하나 같은 아버지. 은해는 병든 아버지와 이 방이 영락없이 어울린다 생각했다. 아주 오래 전부터 아버지가 아랫목을 차지하고 누워 있던 것은 아닐까 착각이 든다. 거짓된 기억은 무엇으로부터 기인하는가.

아버지는 비뚤어진 입술을 씰룩거리며 식구들을 맞았다.

"할아버지한테 인사드려야지."

깁스를 한 아버지의 오른 팔뚝은 비쩍 마른 왼팔보다 세 배는 두터워 보였다. 깁스 안에 팔이 두 개쯤 들어 있을 것만 같았다.

조카애들은 어색한 고갯짓으로 누워 있는 할아버지에게 인사를 했다.

"금만 갔다 하지만, 노인 뼈라 쉽게 붙을까 몰라."

작은오빠가 중얼거렸다.

은해는 아버지의 머리맡에 놓여 있는 작은 쟁반에 눈길을 주었다. 약봉지와 물컵, 작은 머리빗과 튜브형 연고, 이쑤시개와 손톱깎이. 흰 가제 수건은 아버지가 흘리는 침을 닦아내기 위함일 것이다.

큰오빠의 표정을 살피던 조카애들은 이내 사촌끼리 어울려 방을 나갔다. 아버지 곁에 두 오빠와 은해가 자리를 잡고 앉았다.

그러지 않기를 바랐지만 아버지는 은해에게 떨리는 왼손을 내밀었다. 아버지의 동작만큼이나 힘겨운 무릎걸음으로 은해는 아버지에게 다가갔다. 깁스 안의 오른팔. 엄마는 하루에도 수차례 움직이지 않는 아버지의 오른팔과 오른손을 주물렀을 것이다. 아버지의 왼손아귀 힘은 섬뜩할 정도로 셌다. 정신까지 놓은 것은 아니겠지만 불편한 몸에도 막내딸에 대한 각별함은 잊지 않고 있었다. 아버지는 가슴팍을 움찔거리며 안타까운 눈빛을 은해에게 건넸다. 지금 그 오래된 각별함이 얼마나 불편한 것인지를 따져 물을 수는 없다. 은해의 손은 아버지의 손을 견디고 있었다.

큰오빠와 작은오빠는 벽에 기대고 앉아 건조한 시선으로 은해와 아버지를 바라다보고 있었다.

"그래도 막내딸 챙길 여력은 남아 있나 보네."

작은오빠가 언제나처럼 말했다.

"형, 그나저나 전화로 얘기한 건 알아봤수?"

"보채지 좀 마라. 대출받기 어렵다고 했잖아."

큰오빠의 쉰 듯한 목소리가 낮게 갈라져 나왔다.

"아니, 보채다니. 그럼 알아보지도 않았단 말이야? 내가 오죽하면 그렇게 죽는 소리를 했겠냐구. 내가 엄살 피우는 거 같아?"

"너 왜 이래, 명절날 큰소리 낼래?"

형제의 목소리가 높아졌다. 아버지가 힘겹게 고개를 돌려 두 형제를 쳐다보았다. 무어라 말을 하려는 듯 입술이 아메바처럼 격렬하게 씰룩거렸다. 은해의 손을 거머쥐고 있는 왼손에서 노여움이 전해졌다.

"나가서 얘기하자. 떠들지 말고."

작은오빠는 끙, 하는 신음 소리를 내며 일어나 큰오빠를 따라 방을 나갔다.

방 안에 은해와 아버지만이 남았다. 아버지는 은해의 손을 놓지 않았다.

집은 비좁다. 작은방에서 조카애들이 떠드는 소리가 들려왔다. 부엌을 겸한 마루에선 엄마와 두 올케가 한가득 자리를 차지하고 음식 장만을 하고 있을 것이다. 기름 냄새가 났다. 두 오빠는 마당으로 나가 담배를 피우고 있을 것이다.

침침한 형광등 불빛 속으로 아버지는 은해를 뚫어져라 바라보고 있었다. 성능 좋은 카메라의 줌 렌즈 같은 시선이다. 병마에 형편없이 허물어진 아버지였지만 은해를 바라보는 이 시선만은 변함없이 지키고 있었다. 뭔가를 찾아내려는 듯 집요한, 오래되었지만 익숙해질 수 없는 시선. 은해는 눈을 내리깔았다. 아버지가 거머쥔 오른손이 축축하게 저려왔다.

아버지는 잠이 들었다. 은해는 수갑을 풀듯 아버지의 손아귀에서 제 손을 빼냈다. 불안하게 움찔거리는 가슴팍이 간신히 고른 숨을 이어가고 있었다. 중풍으로 쓰러졌던 아버지가 두어 달의 입원을 끝내고 통원 치료를 받게 된 건 지난 초여름부터였다. 은해는 여름내 집에 오지 않았다.

은해는 축축한 손바닥을 바지 위에 문지르고 형광등을 껐다. 아버지는 끌 수 없다.

엄마는 작은 절구에 마늘을 찧고 두 올케는 계란물을 입혀 전을 부치고 있었다. 꼬치에 산적을 꿰고 있는 작은올케의 등에 업힌 막내조카애가 칭얼거렸다.

"아버지 주무시니?"

절굿공이를 내려치는 엄마의 동작은 기계적이었다.

"네."

큰올케가 작은방의 문을 열고 아이들에게 조용히 하라고 주의를 주었다. 그러나 문이 닫히자 세 사내아이들은 다시 떠들기 시작했다.

"은해야. 뒤란 부엌에 가서 명태포 저며놓은 것 좀 가져와라. 파도 한 단 있을 거다."

은해는 마당으로 나와 뒤란 부엌으로 갔다. 작은오빠가 근처로 분가할 때까지 엄마는 이 재래식 부엌을 사용했었다. 집 뒤로 기름 보일러를 설치하면서 싱크대를 들이고 허술하나마 집 안에 작은 입식 부엌을 꾸몄지만, 엄마는 아직도 종종 이 부엌을 사용하는 눈치였다. 은해의 머릿속에도 부엌은 이 재래식 부엌으로 기억되고 있었다.

소금을 뿌려 저며둔 명태포가 얹혀 있는 얕고 넓은 소쿠리를 들어올리다 은해는 작은오빠의 목소리를 들었다.

"하여간 이놈의 경기는 언제 풀리려는지. 미안하우, 형. 아버지 치료비에 빠듯한 거 알면서."

"어쨌든 기다려봐라. 중도금 치르고 한번 알아볼 테니."

두 오빠는 부엌 뒤편 연탄광 앞 작은 널빤지 의자에 앉아 있는 모양이었다.

"미안하다. 자주 와보지도 못하고."

"됐수, 나라고 뭐 모시고 사는 건가? 아버지야 장기 레이스일 모양이구, 합병증만 없다면야 뭘 걱정하우. 저 여자가 알아서 잘하겠지. 형은 은해년도 데리고 있고."

"넌, 그 말 좀……."

"아아, 알았수다."

"너도 이제 서른다섯이야. 애도 둘이고. 나라고 좋아서 어머니 어머니 하는 줄 아니?"

"형, 난 말이야. 아버지한텐 좀 미안한 얘기지만 솔직히 좀 고소하다는 생각이 들어. 늘그막에 똥오줌 받아내게 될 줄 어디 상상이나 했겠어?"

작은오빠는 늘 그런 식으로 말했다. 늘.

"지금 와서 하는 얘긴데, 아버지도 참 어지간했다는 생각이 들어. 지금 형 나이에 애새끼 둘 데리고 처녀장가 간 거 아니야. 뒤가 좀 켕기는 처녀긴 했지만 말이야."

은해는 소쿠리와 파 한 단을 들고 부엌을 나왔다. 그럴 필요가 있을까마는 발소리를 죽였다.

은해는 명태포와 파를 엄마에게 내밀고 작은올케에게 말했다.

"언니, 미연이 이리 주세요. 제가 업고 있을게요."

은해는 막내조카를 포대기로 둘러 업고 다시 마당으로 나왔다. 두 오빠와 마주쳤다.

"야, 너 시집가야겠다. 점점 이뻐지네. 형, 쟨 어쩜 저렇게 얼굴이 하얘? 우리 식구답잖게…… 우리 미연이 좀 봐, 날 닮아서 벌써 까무잡잡하잖아."

작은오빠는 늘 그런 식으로 말했다. 새삼스러울 것 없는 일이었다.

은해는 막내조카애를 업고 다시 뒤란 부엌으로 들어갔다. 팔을 뒤로 둘러 조카애의 엉덩이를 토닥토닥 두드렸다. 잠투정에 지쳤는지 어두운 부엌 안에서 아이의 칭얼거림이 잦아들었다.

은해는 부엌 천장 구석의 거미줄을 올려다보았다. 거미줄에 검은 먼지가 솜털처럼 덮여 있었다. 끈기를 잃은 거미줄은 벌레를 가두지 못할 것이다. 엉성하게 바른 시멘트 바닥이 기울어진 곳, 수챗구멍에 채소를 다듬었던 찌꺼기들이 남아 있었다. 어둡고 습한 낡은 부엌.

은해는 먼지를 뒤집어쓰고 서 있는 작은 찬장 유리문을 열어보았다. 엄마가 수시로 이 찬장 문을 여닫던 모습이 떠올랐다. 금이 간 찬장 유리문은 뻑뻑하게 굳어 잘 열리지 않았다. 바닥이 검게 타버린 뚜껑 없는 양은 냄비, 반짝이지 않는 스테인리스 주발도 하나 있었다. 녹슬고 휘어진 수저 몇 벌이 어지럽게 널려 있었다. 어렸을 적 밥상머리에서 손에 쥐어지던 숟가락과 젓가락은 늘 짝이 맞지 않았다. 어린 은해의 입에 항상 너무 크던 숟가락. 기억은 찬장 속처럼 황폐하다. 은해는 낡은 찬장을 다시 힘겹게 닫았다.

이가 빠진 빗자루가 삐뚜름하게 세워진 부엌 벽면은 비가 샌 얼룩과 여기저기 불안하게 갈라진 금들로, 흡사 천둥 번개 치는 심란한 밤하늘의 모습을 하고 있었다. 그 옆, 엄마가 허리를 구부리고 연탄광으로 들어가던 작은 쪽문. 그 쪽문을 오래된 신문지 두 장이 허술하게 가리고 있었다. 필요없게 된 연탄광으로부터 외풍을 막으려 엄마가 발라놓은 것이리라. 은해는 신문의 날짜가 삼 년 전의 것임을 확인했다. 신문지는 누렇게 바래져 글자의 형상만이 어렴풋했다. 신문의 하단, 수영복을 입고 음료수를 광고하는 여자 탤런트는 요즘 통 티브이에 나오지 않았다. 고른 치열을 보이며 환하게 웃고 있지만 은해는 추잡한 스캔들로 사라져버린 그녀의 미소가 왠지 쓸쓸해 보였다. 막내조카애는 잠이 든 것 같았다. 어깨 아래로 무겁고 뜨거운 숨이 느껴졌다. 은해는 가만가만 조카애의 엉덩이를 두드리며 까닭없이 오래된 신문의 한귀퉁이를 읽기 시작했다.

─북두십성을 아시나요

국자 모양으로 유명한 북두칠성이 일곱 개의 별이 아니라, 열 개의 별로 이루어져 있다는 사실을 아는 사람은 드물다. 북두칠성의 국자 손잡이 끝 부분의 두번째 별은 하나로 보이지만 실제로는 두 개로 이루어져 있고, 이 두 별은 다시 두 개의 작은 별을 거느리고 있다.

별을 관측하기 좋은 맑은 날, 밤하늘 중천의 북두칠성을 자세히 살펴보면 끝에서 두번째 별 위에 또다른 별을 찾아볼 수 있다. 육안으로 쉽게 보이는 두번째 별 이름이 미자르이고, 그것과 겹쳐 보이는 별의 이름은 알코르로 미자르는 말(馬), 알코르는 기수(騎手)를 뜻한다. 겹쳐 보이기 때문에 기수가 말을 타고 있는 형상에서 이름을 따온 것이다. 고대 로마에서는 북두칠성의 두번째 별을 두 개로 구분해 볼 수 있는 사람은 시력이 좋아 군대에 갈 수 있었다는 일화가 전해지고 있어, 이 별을 '시력 검사의 별'이라고도 한다.

이 두 별은 또다른 두 개의 별들을 거느린 이중성이며 딸린 별들은 육안으로는 보기 어렵고 천체망원경을 국자 손잡이 두번째 별에 맞추면 쉽게 찾아볼 수 있다.

흔히 북두칠성은 밤하늘에서 쉽게 찾아볼 수 있어 우리에게 친근한 이미지로 여겨지고 있지만, 전설이나 신화 등에서는 어둡고 음산한 별로 여겨지고 있다. 예로부터 북두칠성에는 검은 옷을 입고 사람들을 불안에 떨게 하는 신선이 살고 있으며, 그가 죽음을 불러온다 전해지고 있다. 우리에게 널리 알려진 큰

곰자리의 전설 역시 모자(母子)의 슬픈 운명에 대한 내용이다. 또한 제갈공명은 운명을 점치기 위해 주문을 외던 중 북두칠성의 국자 손잡이 끝 별이 불타오르는 것을 보고 자신의 죽음이 임박했음을 알았다고 한다. 오늘날에도 죽은 사람을 관에 넣을 때 칠성판을 사용하곤 하는데, 이것도 북두칠성의 죽음의 이미지와 관련되어 있으며, 절에 있는 칠성단도 이와 마찬가지다.

요즘 북두칠성은 밤 8~9시께 북동쪽 하늘에서 쉽게 찾을 수 있으며, 국자 부분이 엎어진 상태에서 조금 일어선 모양을 하고 있다.

오래된 신문의 글자는 얼룩져 잘 보이지 않았다. 오래된 신문은 어설프게 바람막이를 할 수 있을 뿐이다.

잠든 조카애의 기운 고개가 가리키는 곳, 은해는 찬장 옆에 세워진 나무 도마를 쳐다보았다. 습기를 먹고 색이 바랜 낡은 도마는 더없이 불결해 보였다. 은해는 세워진 도마를 바로 놓다 문득 놀랐다. 낡은 나무 도마는 가운데가 우묵하게 패어 있었다. 도마가 아닌 그릇 같은 모양이었다.

오랜 칼질에 우묵하게 패어버린 도마. 은해는 그 시간을 결코 어림잡을 수 없다. 패어진 만큼의 나무는 어디로 갔을까. 결코 신문에는 나오지 않을 사건이었다. 수년간 칼질을 받은 나무 도마는 그만 가운데가 우묵하게 패어버리고 말았습니다. 은해는 무언가 두려워졌다.

하루에 0.0005도씩 더워지는 지구, 하루에 0.0005센티미터씩 패어나간 나무 도마. 이제는 물을 채워도 고여 있을 만큼 우묵하게 패인 도마. 10년에 2도, 하루에 0.0005도. 티나지 않게 조금씩 조금씩. 완벽한 공포, 완벽한 위협. 오늘 하루 남극의 어느 거대한 빙하는 귀퉁이가 10센티미터쯤 녹아내렸을 것이다. 아프리카의 어느 사막은 1미터쯤 모래땅을 넓혔을 것이다. 아무도 그것을 눈치챌 수 없다. 아무도 그것을 막을 수 없다.

아직은 괜찮다. 아직은 분명 괜찮다. 그러나 그것은 어쩔 수 없기 때문이다. 어쩔 수 없으므로 괜찮은 것. 그것의 공포와 아찔함을 은해는 알 것 같았다.

북두칠성인가 북두십성인가. 엄마도 낡은 신문을 읽었을지 모른다. 기계적인 칼질로 도마를 파며 엄마는 무슨 생각을 하고 있었을까.

오늘 아침, 엄마와 함께 옷장에 개킨 빨래를 집어넣다 은해는 서랍 구석에 놓인 이 장갑을 발견했다. 늘 아버지보다 먼저였던 아버지의 가죽 장갑. 그 동안 잊고 지낸 터였다. 엄마도 그 장갑을 물끄러미 바라보고 있었다. 숨을 몰아쉬어 한꺼번에 내뱉는 엄마의 말.

"그게 이제 무용지물이다."

집을 떠나기 전, 은해는 엄마의 눈을 피해 아버지의 장갑을 꺼내 제 가방 속에 집어넣었다. 무용지물의 가죽 장갑에게 어떤 용도가 남아 있으리라는 막연한 생각에서였을까. 도둑질이라도 한 것처럼 가슴이 뛰고 있었다. 다시 서랍 속에 가져다 놓아야 할 것 같았다. 엄마가 거칠게 가방을 낚아채 아버지의 가죽 장갑을 빼앗아버릴 것만 같았다. 엄마가 무서워, 엄마가 무서워 죽겠어. 그러나 집을 나서 큰오빠의 차에 오른 은해의 입가엔 비로소 알 수 없는 웃음이 흘러나왔다. 뒤를 돌아다보았다. 엄마에게 한껏 가식적인 미소를 지어 보이며 손을 흔들었다. 엄마가 무서워도 소용없어. 상관없어. 두려움은 사라지고 알 수 없는 쾌감으로 가슴이 뛰고 있었다.

아버지의 낡은 가죽 장갑은 아버지의 손 모양을 그대로 기억하고 있었다. 장갑마저 아버지처럼 은해에게 안타까운 손을 내밀고 있는 듯하다. 은해는 아버지의 가죽 장갑을 손에 끼었다.

어렸을 적 은해의 기억에 아버지는 주요 등장인물이 아니다. 교복을 입고 담배를 피우던 작은오빠는 자주 은해를 울렸다. 한 사코 학교 근처에서 자취를 하던 큰오빠는 지금처럼 말수가 적었다. 엄마는 부두 근처의 술집으로 주방일을 다녔다. 은해는 오빠들이 젊은 새엄마의 주방일을 믿지 않았음을 안다. 더러운 술집 년 같으니, 넌 우리랑 하나도 안 닮았어. 작은오빠는 늘 그런 식으로 말했다.

두어 달에 한 번씩 불쑥 집에 나타났던 아버지. 빈번하지 않은 등장이었던 만큼 아버지의 출현을 은해는 생생하게 기억하고 있다. 어린 은해가 아버지를 알아보는 것은 그 크고 두터운 손에 끼워 있던 가죽 장갑이었다. 검고 반질거리고 어지러운 냄새가 나던 가죽 장갑. 그 가죽 장갑은 어린 은해를 번쩍 안아올렸다. 아버지의 머리 위에서 접시처럼 빙글 돌려지던 아찔함. 가죽의 선뜩한 차가움이 닿는 허리께는 왠지 불에 덴 것처럼 두고두고 화끈거렸다. 아버지가 옷깃에 묻혀 온 멀고 먼 바다 냄새. 은해의 이름은 바다 해자 은해였다. 집을 다시 떠날 때까지 아버지는 몇 날 며칠 어린 은해를 무릎에 앉히고 살았다. 중풍으로 허물어진 지금까지도 변함없는 그 간절하고 절박한 시선. 그 시선이 단순히 늦둥이 막내딸에 대한 대견함은 아닐 거란 생각이 든 건 은해의 가슴패기에 멍울이 생길 무렵이었다. 은해가 여고를 졸업할 즈음, 아버지는 아주 집으로 돌아왔다. 집으로 돌아온 아버지의 주머니에 가죽 장갑이 아무렇게나 구겨져 꽂혀 있었다. 엄마도 더이상 아름답고 젊은 여자가 아니었다. 졸업을 하고 취직을 하고 은해는 집을 떠나 큰오빠 식구들과 함께 살게 되었다.

아버지가 다시 이 장갑을 끼는 일은 없을 것이다. 무용지물. 이 낡은 가죽 장갑은 아버지보다 먼저 죽은 것이다.

수영강사를 만날 것이다. 수영강사는 틀림없이 은해를 처녀로 생각하고 있을 것이다. 내가 첨이죠? 진저리가 쳐진다. 그 기대는 꼭 저버려주고 싶다. 그러나 은해는 처녀. 처녀는 최 대리에게 주고 싶었다. 은해는 엄마를 생각한다. 작은오빠의 말은 늘 적나라했지만 대체로 정확했다. 얼굴은 반반하게 생겨가지고 뭐 보고 애 둘 딸린 홀애비를 따라나섰을까 몰라. 자주 집을 비우는 게 맘에 들었나.

지나치게 살가운 아버지, 지나치게 냉정한 어머니. 그들은 늘 지나쳤다. 나를 그렇게 쳐다보지 말아요, 아버지. 내 얼굴에 당신은 없다구요. 엄마, 나는 엄마가 무서웠어요. 머리도 빗겨주지 않던 엄마가 무서워서 견딜 수가 없었다구요.

문제는 은해 스스로 아버지를 아버지라 한 번도 믿지 않았다는 사실이다. 가죽 장갑은 꼭 아버지의 것이어야 했다.

은해는 문을 잠근다. 도둑처럼 움직인다. 가죽 장갑을 낀 오른손으로 엉덩이 밑에 흰 수건을 깐다. 가죽 장갑을 낀 왼손으로 팬티를 벗는다. 가랑이를 벌린다. 숨을 몰아쉰다. 수영강사는 당황할 것이다. 겁이 난다. 그러나 신이 난다. 시계는 새벽 세시쯤이다.

퇴근 시간은 아직 아니다. 은해는 검은 가죽 장갑 손으로 제 허벅지를 따뜻하게 애무한다. 그러나 밑은 젖지 않는다. 나는 사랑의 방식을 모른다. 은해는 조금 아프게 제 밑을 더듬는다. 어디에 집어넣어야 할지 알지 못한다. 겁이 나고 신이 난다. 검은 가죽 장갑 손이 검고 커다란 거미처럼 움직인다. 두 눈을 홉뜨고 똑똑히 바라보려 했다. 은해는 천장을 바라본다. 방은 어둡다. 그러나 보인다.

검은 손가락 거미가 질 속으로 기어들어간다. 낡은 가죽 장갑의 마지막 용도다. 가죽 장갑은 꼭 아버지 것이어야 했다. 은해는 천천히 검은 손가락 두 개를 움직인다. 발바닥이 저릿저릿하다. 엉덩이 밑에서 고슬거리는 수건의 감촉. 깊숙이 손가락을 집어넣어도 거미는 아무것에도 가 닿지 않는다. 삶 역시 아무것에도 가 닿지 않으리라. 거미는 오래도록 부지런히 움직인다. 거미는 서서히 숨이 막히는 모양이다. 안은 깊고 덥다.

어두움 속에서 은해는 흰 수건에 맺힌 선명한 붉은 피를 본다. 수영강사는 실망할 것이다. 이것은 특별한가.

은해는 창문을 열고 바람을 맞는다. 조금 운다. 울음소리처럼 바람 소리가 들린다. 그때 그 깜깜했던 방 안, 엄마도 저를 무서워하고 있었던 건 아닐까 생각한다.

아버지의 검고 낡은 가죽 장갑은 완벽한 무용지물이 되었다.

밤의 추격

신도시의 공원, 만추의 짧은 해가 지고 있다. 윤자는 오래도록 인공 연못이 내려다보이는 나무 벤치에 앉아 있다. 사실은 나무 벤치가 아니다. 나무를 흉내낸 시멘트 벤치. 바람이 연못 위로 낙엽을 떨구고 수면 위에 비처럼 작은 동심원들이 든다. 제법 서늘한 기운이 옷 속을 파고든다. 윤자는 외투 주머니를 뒤적거린다. 포도와 레몬, 버릇처럼 만지작거리는 두 개의 자석.

바람처럼. 짧고 까슬한 머리칼을 가진 사내아이들이 자전거를 타고 윤자의 시선을 가로질러 간다. 둥근 연못을 따라 도는 자전거 시합. 아이들은 자전거 의자에서 반쯤 엉덩이를 들고 재게 페달을 밟는다. 부드럽고 싱싱한 정강이의 원운동. 아이들은 스냅사

진처럼 짧게 스쳐간다. 윤자의 귓가에 긴 여운을 남긴 자전거 바퀴 소리가 채 사라지기도 전에 아이들은 둥근 연못을 돌아 다시 달려온다. 그 아이들이 일으킨 까슬한 바람, 더운 숨과 붉은 뺨. 윤자는 문득 그 뺨에 제 얼굴을 마구 부벼대고 싶다 생각한다.

잔디밭 사이에 구불구불 놓여진 좁은 산책길. 양 옆의 잔디는 희고 누렇게 바랬다. 다시 맑은 녹색을 되찾는다는 것이 그렇게 쉬운 일만은 아닐 것이다. 딱딱ー 윤자는 주머니 속 작은 자석들이 맞부딪치는 소리에 무심히 귀를 기울이며 걷는다.

공원 화장실에서 한 떼의 단발머리 소녀들이 쏟아져나온다. 헐렁한 바지와 커다란 신발. 즐겁고도 슬픈 불량소녀들. 화장실에 남아 있는 소녀들의 수상한 냄새. 윤자는 양변기에 걸터앉아 담배를 태운다. 딸애의 노트를 읽고 난 후 윤자는 한 이십 년쯤 담배를 피워온 끽연자처럼 자연스럽게 남편의 담배를 찾아 물었다. 담배를 피울 때 맵고 짜고 기름진 음식을 만들 때처럼 호전적인 기분이 드는 것은 아니다. 잠시지만 모든 것을 정지시키는 느낌. 윤자는 천천히 담배를 태운다. 즐겁고도 슬픈 불량소녀. 쓰레기통엔 소녀들이 나누어 피운 담배꽁초가 흐트러져 있다. 윤자는 타일 바닥에 종기처럼 부풀어오른 소녀들의 흰 침을 본다. 핥고 싶다. 윤자는 그 흰 침에 담배를 비벼 끄고 화장실을 나온다.

일제히, 누군가의 말더듬처럼 공원에 노란 가로등이 켜진다. 윤자는 다시 구불구불 산책길을 걷는다. 자전거를 탄 아이들은 그 새 어디로 가버렸을까 생각한다.

한동안 윤자가 앉아 있던 나무 벤치에 누군가 앉아 있다. 노란 가로등 불빛 아래 또렷한 모습을 드러내는—누군가는 801호 젊은 여자다. 윤자는 801호 젊은 여자에게 다가간다. 잰 걸음으로 뛰듯이 다가간다. 이 더없는 반가움이 조금 당혹스럽지만 싫지 않다. 그러나 윤자는 멈추어 선다. 양손에 종이컵을 쥔 남자가 상기된 표정으로 반대편에서 걸어오고 있다. 남자는 수영강사다. 윤자는 나무 뒤로 몸을 숨긴다. 물론 숨겨지지 않는다.

윤자는 빈약한 가을 나무 뒤에서 801호 젊은 여자와 수영강사를 훔쳐본다. 주머니 속 자석을 조급하게 떼었다 붙였다 반복한다. 801호 젊은 여자와 수영강사는 나란히 앉아 무언가 얘기를 주고받는다. 윤자는 자신의 초조함을 이해할 수 없다.

문득 수영강사가 긴 팔을 뻗어 801호 젊은 여자의 어깨를 감싼다.

윤자는 빈약한 가을 나무를 허술하게 싸안고 있는 볏짚띠를 잡아 뽑는다. 겨우 이건가. 이 허술함으로 겨울을 나려 하는가.

윤자는 담배를 피워 물고 싶다. 잠시지만 모든 것을 정지시킬 수 있다면. 수영강사와 801호 젊은 여자가 자리에서 일어선다. 윤자는 그들을 좇는다. 발소리를 죽여가며 따라 걷는다. 윤자는 생침을 삼킨다. 밤고양이처럼 움직인다.

801호 젊은 여자는 공원 입구에 세워져 있던 수영강사의 흰 승용차에 올라탄다. 차가 공원을 빠져나가기 시작한다. 윤자는 다급하게 도로로 뛰어들어 양팔을 휘저으며 택시를 잡는다. 요란하게 차 문을 닫고 다급하게 말한다.

"아저씨, 저 흰 차를 쫓아가주세요. 따블 드릴게요."

백미러에서 윤자와 운전기사의 눈이 마주친다. 윤자가 아저씨라고 부르기에 운전기사는 너무 젊은 듯하다. 운전기사의 표정이 윤자를 읽고 있다. 뭐라고 읽히든 상관없다고 생각한다. 윤자는 아랫입술을 깨물고 고개를 빼어 수영강사의 자동차를 살핀다.

"아저씨, 빨리요."

택시는 수영강사의 흰 승용차를 쫓는다.

수영강사의 자동차는 신도시를 벗어나는 외곽 도로를 달리고 있다. 윤자의 시선은 흔들림 없이 정면을 응시하고 있다. 흰 승용차의 뒷모습이 보인다. 운전기사는 드문드문 곁눈질로 윤자를 살피고 있다. 뭔가 캐묻고 싶은 모양이다.

택시가 갑자기 속력을 줄인다. 붉은 정지등을 켜고 차들이 서서히 멈추어 선다. 몸에 흰 야광띠를 두르고 붉은 막대등을 흔드는 경찰들. 검문중인 모양이었다. 차들은 가다 서다를 반복한다.

윤자는 안타까운 고갯짓으로 사방을 두리번거린다. 4차선 도로에 어지럽게 얽혀드는 자동차들. 경찰은 택시를 검문하지 않고 그냥 통과시킨다. '일단 정지' 표지판을 지나자 차들은 다시 속력을 내기 시작한다. 신도시는 이미 멀어져 도로 주변은 어두운 들녘이다. 운전기사는 좌우를 두리번거리더니 낭패라는 듯 쯧쯧 혀를 찬다. 놓친 것이다.

"이거, 죄송합니다. 검문 때문에…… 어쩌죠?"

윤자는 아무 말이 없다. 택시는 밤의 국도를 달린다. 강의 상류로 거슬러오르는 방향이다. 어두운 강은 거꾸로 흘러가고 있다.

"저, 담배 좀 태워도 될까요?"

"……"

윤자는 고개를 돌려 창 밖을 바라본다. 아무것도 바라보지 않는다.

"요금은 약속대로 드릴게요. 다시 그 공원 앞으로 돌아가주세요."

"예, 뭐 별수 없죠."

운전기사는 자동 장치로 윤자가 앉아 있는 뒷자리의 창문을 열어준다. 거센 바람에 윤자는 어렵게 담뱃불을 붙인다.

택시는 강의 방향을 따라 유턴한다. 검은 들녘, 씨방을 터뜨린 마지막 이파리들은 이미 다 거두어졌을 것이다. 검은 강 속, 흐르

며 잠을 자는 물고기. 윤자는 터무니없는 자괴감을 느낀다. 운전
기사는 백미러로 창 밖 검은 어둠에 싸인 들판을 바라보며 담배
를 태우는 중년 여자를 힐끔거린다. 그는 여자가 아무것도 바라
보고 있지 않다는 것을 알지 못한다.

"엄마, 엄마…… 엄마!"
설핏 잠이 들었던 윤자는 이명처럼 저를 부르는 소리를 듣는
다. 쾅쾅 철문을 두드리는 소리에 섞여 엄마를 부르는 소리. 딸애
는 아니다. 801호 젊은 여자도 물론 아니다. 침대에 누운 채 고개
를 돌려 바라본 시계는 열두시가 넘어 있었다. 택시를 타고 돌아
온 것은 여덟시쯤으로 기억된다. 엄마, 쾅쾅, 엄마, 쾅쾅쾅, 엄마,
쾅쾅쾅쾅. 다급한 소리를 들으면서도 윤자는 잠시 무력하게 침묵
하고 있다. 그 절박한 부름이 자신을 향해 있다는 것을 믿을 수
없기 때문이다. 현관문이 요란한 소리를 내며 울리고 있었다.
"엄마, 엄마, 제발 문 좀 열어줘요."
아들애였다. 윤자는 물벼락이라도 맞은 듯 벌떡 일어섰다. 잠옷
에 맨발로 뛰었다. 불 꺼진 거실은 물 속에 가라앉은 것처럼 무거
운 공기에 싸여 있었다.
밤늦게 귀가할 때면 조용히 제 열쇠로 잠긴 문을 열고 들어오
던 아들애였다. 그런 아들애가 다급하게 문을 두드리며 아파트

복도가 떠나가도록 큰 소리로 윤자를 부르고 있는 것이다. 문을 열자마자 아들애는 기우뚱 앞으로 고꾸라진다. 남편은 엊그제 지방으로 출장을 간 참이다. 윤자는 아들애의 무거운 몸뚱어리를 간신히 일으켜 세운다. 아들애는 엉망으로 취해 있다. 헝클어진 머리와 토사물로 얼룩진 셔츠, 쓰고 있던 안경마저 보이지 않는다.

"엄마, 문 좀 열어줘요, 엄마."

"어떻게 된 거니? 초인종을 누르잖고."

"엄마, 엄마⋯⋯."

윤자는 당황한다. 아들애는 울고 있다. 엄마엄마엄마엄마엄마. 북받쳐 엄마를 열 번쯤 부른다. 그것은 틀림없이 윤자를 부르는 소리이다. 안경 너머 아들애의 눈동자를 들여다본 것은 얼마 만인가. 땀과 눈물로 얼룩진 이 적나라한 얼굴은 어디에서 왔는가.

"엄마, 미안해요. 나, 많이 취했어요."

뚜렷한 인중선에 비해 야물지 못한 입술선. 밋밋한 눈썹산과 좀처럼 속내를 드러내지 않는 깊은 눈매는 남편을 박은 듯 닮았다. 그러나 지금 쉰 술내를 풍기며 땀과 눈물로 얼룩진 이 젊은 남자애는 누굴까. 윤자는 문득 아들애도 남편처럼 욕실 문을 잠그고 쏟아냈어야 할 무언가가 있었던 건 아닐까 생각한다.

"엄마, 나요. 차라리 나였으면⋯⋯ 누나 대신 나였으면 얼마나 좋았을까 생각했어요."

윤자를 향한 아들애의 술주정은 물론 처음이다.

"엄마한테 누나가 어떤 딸이었는지 알아요. 완벽한 딸이었다는
거. 근데 엄마, 엄마한테만이 아녔어요. 누나는 나한테도 완벽한
내 누나였다구요."

완벽한 딸. 완벽한 누나.

"엄마, 누나 대신 나였어야 해요. 누나 대신 나였어야 했다구
요."

갑자기 아들애는 욕지기가 치미는 모양이다. 화장실로 힘겹게
발걸음을 떼어놓는다. 비틀비틀 넘어질 기세다. 윤자는 아들애의
겨드랑이 밑으로 팔을 두른다.

"엄마."

"……."

윤자는 변기 뚜껑을 연다. 도대체 갑자기 왜 이러는 거니, 물을
수 없다. 아들애가 변기 속으로 고개를 처박는다.

"엄마."

"……그래."

구토. 걷잡을 수 없이 생이 쏟아지는 소리.

실고추처럼 핏발이 선 아들애의 눈동자에서 다시 눈물이 흘러
내린다. 이 순결한 설움. 십수 년 전 번잡한 놀이공원에서 아들애

를 잃어버릴 뻔했던 기억이 있다. 딸애가 갓 초등학교에 입학했던 무렵이었다. 벌렁거리는 가슴을 주먹으로 짓누르며 놀이공원을 헤매었다. 윤자는 아프도록 딸애의 손목을 움켜쥐고 초여름 잔디밭을 걷고 또 걸었다. 딸애는 제 잘못이라며 울었다. 두 시간쯤 뒤에 아들애를 미아보호소에서 찾을 수 있었다. 아들애는 얼이 빠져 질린 듯 하얗게 굳어 있었다. 윤자는 어린 딸애와 아들애를 으스러지도록 품에 안았다. 그제서야 마취에서 깨어난 것처럼 아들애와 딸애는 큰 소리로 울기 시작했다. 북받쳐 이어지는 순결한 설움의 딸꾹질들. 윤자는 아이들을 달래 보리차를 먹었다. 먼지와 땀으로 끈끈한 아들애의 얼굴을 찬 물수건으로 깨끗이 닦아주었다.

아들애는 변기에 쉴새 나는 토사물을 쏟아부으며 오래도록 웩웩거린다. 헛구역질이 잦아들자 등을 두드리던 윤자의 손을 기운 없이 잡는다.

"……엄마."

"그래."

"나, 군대가요."

"……"

윤자는 아들애를 침대에 눕히고 무겁고 더러운 옷을 벗겨낸다.

커다란 남자가 되어버린 아들애의 팔다리를 들어올려 잠옷을 입힌다. 벗은 아들애의 몸은 오래된 동네의 여름 은행나무처럼 푸르고 싱싱하다. 윤자는 먼지와 땀으로 끈끈한 아들애의 얼굴을 찬 물수건으로 깨끗이 닦아준다. 십수 년 전 놀이공원에서처럼 입가에 잔을 대고 보리차도 먹인다. 아들애는 졸린 눈을 감고 낮은 소리로 중얼거린다.

"엄마, 나…… 엄마가 너무 무서웠어요."

아들애가 윤자의 손을 제 얼굴로 잡아끈다.

"무서워서 견딜 수가 없었다구요."

윤자는 불을 끄고 거실로 나온다. 거실은 다시 물 속에 가라앉은 것처럼 무거운 공기에 싸여 있다. 윤자는 어두운 베란다를 내다보며 오래도록 소파에 웅크리고 앉아 있는다. 문득 수영이 하고 싶어 견딜 수 없어진다.

윤자는 담배에 불을 붙이며 801호 젊은 여자가 오늘밤 돌아오지 못했으리라 생각한다. 뜨거운 것이 목울대를 치밀어오른다.

뻔한 것의 의외성

은해는 이 뻔함의 끝을 알고 있다.

수영강사는 서두르며 자꾸 잔을 부딪쳐온다. 공원 벤치에 앉아 어깨를 감싸 안았을 때부터 수영강사는 몸이 달아 있었다. 은해가 고개를 돌리거나 술잔을 들이켤 때 수영강사는 슬쩍 손목시계를 들여다본다. 좀 들키지 않을 수는 없나. 그리고 또 여전히 묻는다. 오늘은 우리 둘 다 술이 좀 받는 거 같죠? 수영강사는 맥주 대신 도수가 높은 술을 주문한다. 이 술 마셔봤어요? 수영강사는 한 손으로 잔을 들고 다른 한 손을 은해의 허리에 두른다.

모텔의 지하 카페. 탁하고 어두운 조명과 끈적하게 늘어지는 색소폰 연주곡. 은해는 이 모든 것이 삼류 에로영화처럼 너무나 뻔하다고 여겨진다. 베드 신과 베드 신 사이 주인공들은 술을 마신다. 지루한 듯, 그것밖에는 할 일이 없다는 듯. 여자는 이내 어지러운 듯 쓰러지고 남자는 기다렸다는 듯이 여자를 부축해 침실로 향할 것이다. 의외란 없다. 이어지는 여자의 교성. 우는 소리, 그 소리. 은해는 술잔을 기울인다.

신도시를 벗어난 국도변, 은해는 차창을 활짝 열어젖혔다. 차가운 바람이 머리칼을 마구 헝클어뜨리고 있었지만 개의치 않았다. 수영강사의 차는 검은 들녘을 지나 검은 강의 상류를 거슬러오르고 있었다. 바람 속에서 수영강사는 별수 없이 아무것도 물어오지 못했다. 무난한 발라드 유행가도 끊기듯 불분명하게 들려왔다. 바람이 잦아들고 자동차가 속력을 줄이고 잠시 멈추어 섰다. 붉은 막대등을 흔들며 자동차 안을 들여다보던 앳된 얼굴의 교통 경찰관. 그때 밀쳐내듯 문을 열고 차에서 내렸어야 했다. 차는 다시 속력을 올렸다.

은해는 어둠 속을 스쳐 지나가는 은행나무를 보았다. 노란 낙하산처럼 분분히 날리던 잎사귀. 낙엽을 다 떨구어낸 은행나무는 솟아오르지 못한 모양이었다. 빈 몸으로 찬바람을 맞으며 겨우내 다시 발사를 기도할 것이다. 곧 겨울이었다. 그러나 조금씩 조금씩, 오늘은 어제보다 0.0005도 덥다. 아무도 어쩔 도리가 없는 공포. 어느 날 문득 은행나무는 사막 위에 마른 뿌리를 드러내며 쓰러질 것이다. 그 전에 솟아오를 수 있다면. 은해는 어두운 창 밖으로 눈길을 주었다. 아무것도 바라보지 않았다.

수영강사는 은해가 에로영화 속의 여자들처럼 취하기를 기다리고 있다. 빈 술병들로 테이블이 좁다. 수영강사는 다시 시계를 들여다본다. 화장실에 다녀오겠다 했지만 은해는 영화에서처럼 수영강사가 방을 잡으러 갔다는 걸 안다. 일어서려면 지금이 마지막이다.

一이, 더러운 것.

그러나 은해의 두 다리는 돌처럼 굳어 움직이지 않는다. 작은 등을 내리치던 매서운 손바닥. 은해는 덥다. 화끈거리는 등으로 취기가 퍼져오른다.

一이 더러운 것. 몹쓸 것.

은해는 제 빈 잔에 술을 따른다. 삶을 함부로 방치하는 것의 뜻밖의 즐거움. 은해는 일어서지 않는다. 그때도 그랬다. 미스 진을 따라 청계천 녹음실에 도착했을 때도 얼마든지 일어나 돌아나올 수 있었다. 이 더러운 것. 그러나 은해는 스스로를 방치했다. 이 즐거운 가학의 욕구가 정확히 누구를 향한 것인지 은해는 알 수 없다. 수영강사가 돌아온다. 은해는 조금 뻔한 미소를 지어 보인다. 그래, 더러워. 더러워지고 싶어. 원래 더러우니깐. 뻔한 건 싫지만 어쩔 수 없어.

수영강사는 마지막 술잔을 단숨에 들이킨다. 잠시 아무 말도 하지 않다 한 손으로 제 이마를 짚으며 은해 쪽으로 몸을 기울인다. 구강청정제 냄새가 풍긴다. 더이상 뻔한 뜸을 들인다면 은해는 오히려 그것을 참지 못할 것만 같다.

"은해씨, ……우리 좀 쉬었다 술 깨고 가죠. 운전도 해야 하고……"

수영강사의 연기는 서툴지만 마치 은해가 더빙했던 영화의 대사를 외우고 있는 듯하다.

복도 붉은 카펫 위에 얇은 색동 천이 깔려 있다. 구둣발 소리는 나지 않는다. 은해는 아무것도 듣지 않는다. 특수형—놀라운 만족. 콘돔 자판기를 지나쳐 간다. 청계천에서 포르노를 더빙하는 은해는 정작 콘돔을 본 적이 없다. 은해는 아무것도 보지 않는다.

종업원이 방문을 열어준다. 304호. 좋은 시간 되십시오. 아, 좀 뻔하지 않을 수는 없나. 아무것도 변화시킬 수 없는 이 뻔한 사소함들. 은해는 숨이 막힐 지경이다. 어지럽다. 정말 취한 건지도 모르겠다.

수영강사는 은해를 끌어안는다.

"은해씨가 싫을 테니깐, 불은 켜지 않는 게 좋겠지?"

끝까지 묻는다.

뻔한 수순으로 섹스가 시작된다. 어떻게 하면 이 뻔함을 욕보일 수 있나. 은해는 수영강사가 팬티를 벗길 때 부러 엉덩이를 들어준다. 그 순간 남자가 여자가 처녀인지 아닌지를 확인할 수 있다는 거야, 미스 진이 읽었다는 여성지 기사였다. 정말 수영강사는 잠시 멈칫한다. 뻔한 수줍음은 없다. 닳고 닳은 교태도 싫다. 건조하게 뻣뻣하게, 그뿐이다. 그리고.

은해는 아무 소리도 내지 않는다. 은해는 어금니를 깨물며 참는다. 우는 소리, 그 소리. 그 소리는 절대 내지르지 않겠다 생각한다. 이건 영화 더빙이 아니다. 은해씨 내가 첨이죠? 진저리를 치며 침을 뱉어주리라. 은해는 뻣뻣하게 몸을 굳힌다. 모든 감각의 촉수를 애써 거두어들인다. 눈을 감는다. 귀도 감는다. 이 숨막히는 사소함. 뻔함으로 가득한 여관방에서 은해는 결코 아무 소리도 내지르지 않는다. 수영강사는 씩씩 숨을 몰아쉰다. 그날 밤처럼 은해의 밑은 좀체 젖지 않는다. 쓰라리다. 그러나 은해는 어금니를 깨물며 참는다. 빌어먹을, 낮게 중얼거리는 수영강사의 사정은 신경질적이다. 정액은 과연 액체인가.

은해는 샤워기를 세게 튼다. 겨우 이건가. 뻔한 것은 싫었지만 특별해지지도 않았다. 처음부터 알고 있었다.

은해는 욕조 속에 쭈그리고 앉는다. 수영강사는 시트를 들썩이며 혈흔을 찾고 있을 것이다. 쏟아지는 물줄기 아래서 은해는 문득 이웃집 중년 여자를 떠올린다. 지하 주차장에서 자신을 바라보던 아득한 그 눈빛. 책망이 아닌, 그것은 걱정이었던 것 같다.

　—이 더러운 것. 씻어, 빨리 깨끗이 씻어.

　학교에 들어가고 처음 맞는 방학이었다. 방학이 되어도 아버지나 오빠들은 집으로 돌아오지 않았다. 지금 그 더위가 기억나진 않지만, 아침부터 마당에 뜨거운 햇살이 내리쬐던 날이었다. 엄마는 부두 근처 술집으로 일을 나가야 했다. 그 집의 재래식 부엌. 어둡고 서늘한 그 부엌에 엄마는 갈색 고무 목욕통을 놓고 그 안에 차가운 지하수를 가득 채웠다. 어린 은해는 소꿉을 들고 고무 목욕통 안으로 들어갔다.

　신문지에 덮여 있던 밥을 먹고 낮잠을 자고. 여름 해는 길었다. 물놀이가 시들해진 어린 은해는 마루 끝에 걸터앉아 있었다. 그때 어지러운 여름 해처럼 파란 고무공이 마당에 떨어졌다. 어린 은해는 잠긴 대문을 열었다. 한 사내아이가 까맣게 탄 얼굴을 조심조심 들이밀었다. 이름은 잊었지만 이웃에 사는 같은 반 아이였다. 뜨거운 마당을 미친 듯이 튀어오르던 파란 고무공. 어린 은해와 사내아이는 금세 땀에 젖었다. 사내아이의 검은 이마가 땀으로 반짝였다.

　"들어갈래?"

　어린 은해는 갈색 고무 목욕통을 가리켰다. 사내아이가 목욕통 속으로 들어오자 부엌 바닥으로 철썩 물이 넘쳐흘렀다. 어린 은해는 조금 웃어 보였다. 사내아이는 어린 은해의 얼굴에 물을 끼얹었다.

"이, 더러운 것!"

부서질 듯 부엌문이 열렸다. 엄마의 무서운 얼굴에 어린 은해는 그대로 굳어버렸다. 사내아이가 놀라 뛰쳐나가는 바람에 고무목욕통이 기우뚱 넘어졌다. 파도처럼 부엌 바닥을 출렁거리던 물. 어린 은해의 벗은 몸이 경련처럼 떨렸다.

"이 몹쓸 것, 더러운 것!"

엄마는 어린 은해의 벗은 등을 매섭게 내리쳤다. 옷가지를 집어든 사내아이가 대문을 뛰쳐나가는 게 보였다. 희고 좁은 등판에 엄마의 손자국이 꽃잎처럼 찍혔다. 어린 은해는 울었다. 엄마는 플라스틱 바가지 가득 물을 담아 어린 은해의 정수리에 사정없이 내리부었다. 물은 지독히 차가웠다.

"씻어! 빨리 깨끗이 씻어."

수영강사는 담배를 피우고 있다. 역시 아무것도 물어오지 못한다. 표정은 냉랭하다. 역시 조금 뻔한 냉랭함. 은해는 문득 수영강사가 안쓰럽다. 처음부터 그 뻔함에 악의가 없었다는 걸 알고 있지 않았던가. 은해는 최대한 몸을 적게 움직이며 옷을 입는다.

수영강사는 냉장고에서 맥주를 꺼내 캔 뚜껑을 연다. 맥주를 들이켠 수영강사는 리모컨을 눌러 티브이를 켠다. 볼륨은 신경질적으로 크다. 볼륨을 줄일 생각을 하지 않고 수영강사는 리모컨의 채널을 차례대로 누른다. 드라마와 시엠송과 스포츠 중계와 동물 다큐멘터리와 춤을 추는 소녀들.

난 정말 너까지 나를 오해할 줄 몰랐어, 네 지금 바로 사랑의 전화를 걸어주십시오 한 통화에 천원씩 여러분의, 아이들이 먹을 건데 함부로 할 수 있나요, 아마존의 밀림엔 뜻밖의 위험이 도사리고 있습니다, 내일 아침 중부 지방 최저기온은, 탁월한 효과 직접 확인하세요, 당신이 꼭 다시 날 찾아올 거라 믿었어요, 이런 시점에선 런 앤 히트 작전이 예상됩니다만 과연……

채널은 지나치게 많았다. 어두운 여관방 흰 벽지 위에 티브이 브라운관은 스펙트럼처럼 붉고 푸른 빛들을 뿜어내고 있었다. 그것은 조금 뻔하지 않다고 생각되었을 즈음,

"아, 아, 아아, 아아하……"

갑자기 채널은 돌아가지 않는다.

우는 소리, 그 소리. 바로 그 소리.

땀으로 번질거리는 남자의 등을 빨간 매니큐어를 칠한 여자의 손톱이 할퀴듯 쓸어내리고 있다. 구레나룻을 기른 남자는 여자를 들어올려 체위를 바꾼다. 아아, 아아아— 남자는 여자의 비대한

젖가슴에 거친 구레나룻을 문질러댄다. 여자의 목소리는 더욱 높아진다. 그들은 곧 샤워기 아래로 자리를 옮길 것이다. 은해는 이에로영화의 다음 장면을 알고 있다.

우는 소리, 그 소리. 그 소리를 내지르는 여자의 목소리는 은해의 목소리다.

은해는 거침없는 동작으로 달려가 티브이 스위치를 끈다. 머릿속이 새하얗다. 침대에 걸터앉아 맥주를 들이켜던 수영강사는 두 눈을 꿈벅이며 황당하다는 표정을 짓는다. 은해는 브라운관을 가로막고 선다. 티브이가 꺼진 방 안에 묘한 침묵이 흐른다. 순간 수영강사가 빙긋 웃는다. 그 미소가 두렵고 저열해 보이는 것은 제 손에 리모컨이 쥐어져 있기 때문일 것이다. 수영강사가 다시 티브이를 켠 것과 은해가 수영강사 손의 리모컨을 낚아채려 손을 뻗은 것은 거의 동시였다. 그러나 수영강사가 빨랐다. 수영강사는 리모컨을 뒤로 감춘다. 은해는 다시 티브이 속 제 목소리를 듣는다. 교성은 점점 높아진다.

"꺼!"

은해는 소리를 지르며 수영강사에게 달려든다. 수영강사는 재빠르게 몸을 피하며 은해의 허리에 팔을 두른다. 손을 뻗었지만 리모컨은 닿지 않는다.

"안 돼, 이리 내놔."

은해의 목소리는 떨리며 높게 갈라진다. 수영강사는 은해의 팔을 비틀어 꺾어 침대 위로 내동댕이친다. 은해는 발버둥을 친다. 티브이를 꺼야 한다. 은해는 마구 비명을 지르며 수영강사를 밀쳐낸다. 수영강사는 티브이의 볼륨을 더 높이고는 재빠르게 리모컨을 침대 밑으로 밀어넣는다. 야비한 웃음. 여관방은 그대로 삼류 에로영화의 한 장면이 된다. 은해는 수영강사에게 살의를 느낀다. 참을 수 없다. 수영강사는 은해를 찍어누르고 함부로 앞섶을 풀어헤친다. 화면 속 여자의 교성은, 은해의 교성은 멈추지 않는다. 은해는 짐승처럼 소리를 지르며 발버둥친다.

"꺼! 끄란 말이야. 이 개새끼야."

은해는 따귀를 맞는다. 수영강사는 은해의 머리채를 잡아 흔든다. 은해는 봉제 인형처럼 무력하게 헝클어진다.

"조용히 해. 씨발년아. 이게 사람 헷갈리게 하고 지랄이야."

소름처럼 흰 보푸라기가 일어난 얇은 시트가 침대 밑으로 떨어진다. 은해는 울지 않는다. 수영강사는 발을 부채꼴로 움직여 은해의 다리를 벌린다. 수영강사의 얼굴이 뜨거운 고무공처럼 은해의 몸 위를 구른다. 아, 아아아, 아아하…… 비디오 속의 은해가 엑스터시의 교성을 지르고 있다. 은해는 눈을 감는다. 귀도 감는다. 어금니를 깨문다.

174

물의 말

'겨울맞이 특별 바겐세일' 답게 백화점은 사람들로 넘쳐났다.

그 소란함 속에서 젊은 여자는 중년 여자의 모습을 놓치지 않기 위해 꽤 애를 쓰고 있었다. 백화점 3층, 여성 의류 매장. 지금이 백화점에서 가장 북새통을 이루는 곳일 것이다. 중년 여자와 비슷한 체격에 비슷한 옷차림과 머리 모양을 한 또다른 중년 여자들이 젊은 여자를 혼동시키고 있었다. 젊은 여자는 두 손을 주머니에 찌르고 오른 팔목에 작은 손가방 줄을 낀 중년 여자의 뒷모습을 부지런히 쫓았다.

중년 여자를 이렇게 다시 만나게 된 것은 근 한 달 만의 일이었다. 한 달 동안 젊은 여자는 이 백화점에도, 스포츠센터에도,

수영장에도 들른 일이 없었다. 어쨌든 젊은 여자는 중년 여자를 다시 만났다. 아니 아직 만난 것은 아니다. 그저 쫓아다니고 있을 뿐이다.

중년 여자는 아무것도 구입하지 않고 있었다. 세일 기간을 별렀다가 마음먹고 무언가를 사러 나온 다른 중년 여자들과는 구별되는 모습이었다. 진열되어 있는 블라우스 옷감 한 번 쓰다듬어보지 않았다. 그렇다고 빨간 화살표로 강조된 할인 가격을 유심히 들여다보는 것도 아니었다. 무심한 표정과 일정한 간격의 걸음걸이. 중년 여자는 쇼핑을 하고 있다기보다는 산책을 하고 있는 듯했다. 호주머니 속의 손은 밖으로 빠져나오지 않았다. 젊은 여자는 문득 깨달았다. 지금 중년 여자는 도벽을 참고 있는 것이다. 젊은 여자는 조마조마해진다. 부지런히 중년 여자를 따라 걸었다.

중년 여자가 아래층으로 내려가는 에스컬레이터에 올랐다. 젊은 여자는 서너 사람을 사이에 두고 중년 여자 뒤에 섰다. 중년 여자는 계속 아래층으로 내려갔다.

지하 식품매장. 거대한 식료품의 숲. 젊은 여자는 이내 두리번거리며 중년 여자를 찾았다. 왜 알은체를 하며 중년 여자를 불러 세우지 못하나. 젊은 여자는 스스로를 이해할 수 없었다. 처음부터 우연히 알게 된 사이라는 점을 생각한다면 한 달 만이라는 시간을 어색해할 필요는 없었다. 지금이라도 오랜만에 뵙네요 인사를 건넨다면 중년 여자도 부담없이 젊은 여자를 반길 것이다. 그렇지 않으면 그저 이 복잡한 백화점 속, 수백 수천 명의 사람들 속으로 발길을 돌리면 그뿐이다. 그러나 한 시간 가까이 젊은 여자는 중년 여자를 쫓아 이 거대한 미로 속 같은 백화점을 맴돌고 있었다.

한 달 새 젊은 여자에겐 다소 변화가 있었다. 얼마 전 야간근무가 끝났고 그로 인해 불면증에 시달리고 있으며, 그에 앞서 더빙 아르바이트를 그만두었다. 그리고 꽤 오래 수영을 하지 않았다.

중년 여자는 여전히 주머니에 손을 찌르고 산책하듯 식품 진열대 사이를 오갔다. 젊은 여자는 차라리 중년 여자 쪽에서 먼저 저를 알아봐주었으면 좋겠다 생각했다.

중년 여자가 갑자기 멈추어 섰다. 젊은 여자도 따라 섰다. 중년 여자의 손이 주머니 밖으로 나오더니 시식 코너에서 음식을 집어올렸다. 머릿수건을 두른 매장의 직원이 눈웃음을 띠며 중년 여자에게 어묵 봉투를 들이밀었다. 중년 여자는 무심한 표정으로 다시 주머니 속으로 손을 찔렀다. 또 얼마를 걷다가 다시 멈추어 선 중년 여자는 이쑤시개로 젓갈을 집어먹었다. 물론 구입하지 않았다. 다음은 신제품 과자였다. 중년 여자는 아이들 사이에 서서 과자를 한움큼 집어들고 천천히 우물거렸다. 젊은 여자는 몸

둘 바를 모를 기분으로 제 구두코를 내려다보았다.

중년 여자는 식품매장 옆 스넥 코너로 향했다. 젊은 여자는 당혹스러웠다. 등받이 없는 높은 의자. 둥근 의자 가득 중년 여자의 비대한 몸집이 위태롭게 놓였다. 중년 여자가 주문한 쟁반 국수. 왼손은 여전히 주머니 속이었다. 넓고 굽은 등을 젊은 여자에게 보이며 중년 여자는 국수 가락을 후루룩거리고 있었다. 식사는 짧은 시간에 끝났다. 젊은 여자는 그저 바라보고만 있었다. 중년 여자는 다시 패스트푸드점으로 향했다. 단발머리 소녀들 사이에 섞인 중년 여자가 햄버거를 먹기 시작했다. 양손으로 움켜쥔 햄버거의 내용물이 중년 여자의 입가를 비집고 나왔다. 젊은 여자는 그저 바라보고만 있었다. 알은체를 해야겠다는 생각 따윈 이미 머릿속에 있지 않았다. 그저 바라보고만 있었다. 식욕은 어디에서 오는가. 중년 여자는 마지막으로 소프트 아이스크림을 샀다. 하얗고 부드러운 바닐라 아이스크림. 중년 여자는 훔치고 싶었던 것이다. 참기 위해 먹었던 것이다. 젊은 여자는 문득 중년 여자에게 더없이 미안해졌다. 이해할 수 없었다.

중년 여자가 다시 에스컬레이터에 올라섰다. 젊은 여자는 중년 여자를 따라갔다. 거대한 미로 속 같은 백화점, 수백 수천의 사람 중에 젊은 여자가 알고 있는 사람은 오직 단 한 사람뿐이었기 때문이다.

．

　중년 여자는 탈의실에서 수영복을 갈아입는다.

　늦은 저녁, 물 속에 몸을 담그고 수영을 하고 있는 사람들이라곤 열 손가락을 채우지 못한다. 물살을 가르는 낮고 작은 소리가 드물게 들려온다. 천장 높이 매달린 조명이 물그림자로 어른거린다. 결코 함께 할 수 없는 게 있다. 높이뛰기가 그랬고, 수영이 그랬다. 온전히 제 몸 혼자만으로 하는 것. 그 쓸쓸하고도 대견한 몸의 움직임. 물의 표면은 푸른 비닐을 펼쳐놓은 것처럼 차갑게 번쩍인다. 중년 여자는 무언가에 이끌리듯 물 속으로 빨려들어간다.

　물은 차고 깨끗하고 부드럽고 따뜻하다.

　중년 여자는 처음 수영을 배우던 날처럼 등을 둥글게 구부리고 몸을 띄운다. 눈을 부릅뜨고 숨을 멈춘다. 죽은 것처럼. 이 자세는 이제 두렵거나 불편하지 않다. 중년 여자는 무릎을 구부리고 팔을 둘러 손깍지를 낀다. 물 속에선 아무 소리도 들리지 않는다. 이 침묵은 불안인가 평온인가. 중년 여자는 둥그렇게 몸을 말고 물 속에 둥둥 떠 있다. 물의 자세. 중년 여자는 이대로 흐르고 싶다 생각한다. 졸립다. 작고 둥근 어류의 알처럼 무방비로 흘러가고 싶다. 문득 물안경이 부옇게 흐려진다. 무방비로.

　중년 여자는 수영모 위로 물안경을 벗는다. 그날 밤, 짧고 습하고 더운 기억으로 중년 여자의 자궁에 패인 딸애, 그 짧고 습하고 더운 순간을 남편은 기억하고 있을까.

말 많고 탈 많던 피해보상금에 서둘러 합의를 한 것은 기울어가던 남편의 사업 때문이었다. 뉴스 화면 속, 추락한 비행기의 꼬리 날개엔 태극 마크가 선명했다. 지난 여름, 대학원 세미나가 열린다던 관광지가 아닌 바람 부는 언덕에 처박힌 비행기의 부서진 날개 어디쯤에서 발견된 딸애. 남편은 검은 옷을 입고 아들애와 함께 사고 현장으로 갔다. 더운 섬 바람 부는 언덕에서 돌아온 남편. 남편의 그 초췌한 얼굴을 중년 여자는 잊지 않고 있다. 남편은 욕실 문을 걸어잠그고 한나절쯤 울부짖었다. 중년 여자는 잠긴 욕실 문고리를 힘없이 붙들고 주저앉아 있었다. 통곡, 침묵, 딸애의 이름, 다시 통곡, 다시 침묵. 수건을 찢고 세숫대야를 집어던지던 남편. 양변기 도기 뚜껑이 깨지는 소리. 왜 남편은 욕실을 택했을까. 담배꽁초와 눈발처럼 갈가리 뜯긴 화장지, 부러진 칫솔과 흉하게 떨어져나간 타일 조각을 주우며 중년 여자는 바닥에 맺힌 물방울과 남편의 눈물 방울을 찬찬히 세었다.

보상금은 요긴하게 쓰였다. 남편은 부도의 위기를 넘겼다. 구제금융 여파에도 그럭저럭 유지돼가던 남편의 사업은 요즘은 제법 호황을 누리고 있었다. 중년 여자는 남편을 비난하지 않는다. 남편이 중년 여자의 신경질적인—짜고 매운 반찬 같은—전투를

용인해주고 있기 때문만은 아니었다. 남편의 얼굴, 이따금 분노와 슬픔과 죄책감으로 얼룩지는 눈가. 그 눈가의 눈물선을 따라 비행기가 추락한 그 언덕에서처럼 바람이 불고 있다는 걸 중년 여자는 알고 있다.

차고 깨끗하고 부드럽고 따뜻한 수영장은 한 그릇 커다란 정화수 같다. 중년 여자는 물 밖으로 고개를 내밀고 두 손으로 얼굴을 문지른다. 막힌 코끝으로 손가락으로 쥐었다 편다. 이 많은 물결들. 누군가의 윗입술 모양으로 흔들리는 물결들. 누군가의.

누군가 중년 여자에게로 헤엄쳐오고 있다. 같은 디자인의 수영복이 아니더라도 중년 여자는 물 속에 얼굴을 담그고 새의 모습으로 수영하고 있는 젊은 여자를 언제나처럼 알아본다. 근 한 달만이다. 물 밖으로 고개를 내민 젊은 여자는 중년 여자에게 설핏 목례를 한다. 그날 밤 택시를 타고 젊은 여자를 쫓아갔던 서글픈 기억.

젊은 여자는 중년 여자에게로 헤엄쳐간다. 중년 여자는 몸을 말고 물 속에 동그랗게 떠 있다. 작은 섬처럼. 젊은 여자는 중년 여자의 뱃속, 그 많은 음식을 생각한다. 문득 미안하다. 중년 여자는 반가워하는 표정을 짓지만 눈을 맞추진 않는다. 붉게 얼룩진 눈 언저리, 이웃집 중년 여자는 울고 있었던 것 같다. 설마, 동그랗게 몸을 말고 물 속에서.

젊은 여자와 중년 여자는 수영을 한다. 물은 끊임없이 출렁대
며 흔들린다. 환한 물 속에서 젊은 여자의 몸이 오랜만에 물을 기
억해낸다. 물은 차고 깨끗하고 부드럽고 따뜻하다. 가라앉는 게
아닐까 하는 두려움이 사라지고 어느 정도 수영을 익히고 나면,
물 속으로부터 무언가 몸을 들어올리는 힘 같은 게 느껴진다. 두
다리로 힘껏 물장구를 칠 때 가슴과 허벅지에 와 닿는 일종의 부
력. 이제 가라앉는 일도 어렵게 된 것이다. 한 달 내내 수영이 하
고 싶었다. 젊은 여자는 팔동작을 크게 하고 헤엄쳐나간다. 젊은
여자가 따라잡을 수 없을 정도로 한 달 새 중년 여자의 수영 솜
씨는 한결 늘어 있다. 중년 여자의 둥근 뒷모습이 차츰 멀어지고
갑자기 젊은 여자는 찢기듯 아랫배가 아프다.
　—이 더러운 것.
　이건 물이 말하는 게 아니다. 젊은 여자는 진저리를 친다.
　중년 여자는 수영장 벽을 손바닥으로 짚는다. 여기까지다. 물에
게 강요한 침묵. 수영장은 흐르지 못한다.
　중년 여자는 돌아본다. 젊은 여자가 저만치서 허우적거리고 있
다. 자유형을 채 완전히 익히지 못하고 젊은 여자는 수영장에 나
오지 않았다. 중년 여자는 젊은 여자에게로 헤엄쳐간다.
　수영장 물은 차고 깨끗하고 부드럽고 따뜻하지, 않다.
　피. 푸른 물 속에 담배연기처럼 피어오르는 붉은 피. 물 속 젊

은 여자는 붉은 피에 둘러싸여 있다. 젊은 여자는 아랫배를 움켜쥐고 가라앉고 있다. 중년 여자는 다급하게 팔을 뻗어 젊은 여자의 어깨를 안아올린다. 붉은 피가 두 여자를 둘러싼다.

중년 여자는 젊은 여자를 잡아끌며 헤엄을 친다.

"난, 너무…… 더러워요."

불분명하게, 끊기듯 출렁이며 젊은 여자가 말한다. 물결처럼 말한다. 물 속의 피, 누군가 함부로 갈겨 쓴 글씨 같은.

젊은 여자의 수영복을 벗기는 중년 여자의 손끝이 떨리고 있다. 중년 여자는 따뜻하게 수온을 조절한 샤워기를 다급하게 젊은 여자에게 들이댄다. 젊은 여자는 아랫배를 움켜쥐고 무력하고 늘어져 있다. 피가 소용돌이 모양으로 하수구를 빠져나간다. 너무 일찍 쓸쓸해져버린 나신.

중년 여자는 젊은 여자를 씻기고 싶다.

따뜻한 물과 부드러운 거품으로 젊은 여자를 깨끗이 씻기고 싶다. 둥글고 좁은 어깨와 가늘고 긴 목선, 살집 없이 도드라진 무릎과 복숭아뼈, 발가락 사이사이를 따뜻하고 부드럽게 쓰다듬고 싶다. 언젠가 꿈속에서 제 옆을 스쳐 지나갔던 미끌거리는 몸통의 물고기. 누에고치처럼 흰 거품으로 감싸안고 싶다. 중년 여자는 눈을 감는다. 눈꺼풀 안쪽, 검은 스크린에 출렁이며 물이 차오른다. 중년 여자는 이마 위로 아무렇게나 흘러내린 젊은 여자의 머리칼을 쓸어올린다. 피는 멈추지 않는다. 중년 여자는 이유 없이 젊은 여자에게 미안하다.

갓 익은 열매의 긴장된 과육 같은 젊은 여자의 음부. 중년 여자는 흰 수건으로 젊은 여자의 밑을 감싼다. 젊은 여자를 일으켜 세우고 샤워실을 나선다.

별똥비 혹은 북두칠성

별똥비가 내린다던 밤이었다. 세기말의 대우주쇼가 펼쳐질 거라 했다. 별똥이 소나기처럼 쏟아지는 유성우(流星雨) 현상이 예상된다고 신문과 텔레비전에서는 법석을 떨었다. 많은 사람들이 별똥을 보기 위해 도시를 떠났다고도 했다. 늦은 밤 인공 연못이 있는 신도시의 공원은 도시를 떠나지 못한 사람들로 소란스러웠다.

응급실을 나섰을 때 시간은 이미 자정이 훨씬 넘어서 있었다. 윤자와 은해는 반 발자국쯤 떨어져, 윤자가 반 발자국쯤 앞서 걸었다. 윤자는 짐짓 뒤돌아보며 은해의 창백한 낯빛을 살폈다.

산부인과 응급실에서 은해는 이웃집 중년 여자의 이름을 알았다. 간호사가 잠깐 은해의 머리맡에 놓았던 환자 기록 카드. 보호자, 한윤자. 환자와의 관계, 母.

자연 유산이었다. 피를 많이 흘렸다. 은해는 조금 어지러웠다.

윤자와 은해는 나무 벤치처럼 만들어진 시멘트 벤치에 앉았다. 11월의 깊은 밤은 이미 겨울이었다. 윤자와 은해는 간헐적으로 흰 입김을 내뿜으며 검고 넓고 둥근 하늘을 올려다보았다.

두껍게 옷을 껴입은 한 가족이 윤자와 은해 앞을 지나쳐갔다. 졸음에 겨운 두 아이는 아직 어렸다. 남편이 들고 가는 캠코더의 렌즈는 하늘을 향해 있었다. 공원 여기저기 삼삼오오 짝을 이룬 사람들이 흰 입김을 뿜으며 하늘을 올려다보고 있었다. 아, 짧은 탄식으로 사라져버릴 불타는 별조각을 놓치지 않기 위해. 연출이나 카메라 효과가 없는 화려한 라이브쇼—그들은 우주쇼를 기대하고 있는 것이다.

윤자는 담배를 꺼내 물었다. 검은 하늘로 푸른 연기가 피어올랐다.

"저도 한 대 주세요."

윤자는 다시 주머니에 손을 집어넣었다. 담배와 함께 들어 있는 포도와 레몬 자석. 윤자는 은해의 담배에 불을 붙여주었다. 은해는 조금 잔기침을 하고 검은 하늘을 향해 흰 연기를 내뿜었다.

야아— 벤치가 놓인 둔덕 아래 연못가 가까이 자리를 잡은 세

명의 소년들이 짧은 함성을 질렀다. 윤자와 은해는 재빨리 소년들의 시선을 좇아 밤하늘을 올려다보았다. 그러나 야아, 하는 순간 별똥은 검은 하늘에 아무런 흔적도 남기지 않고 사라져버렸음을 안다. 소년들은 하나뿐인 천체망원경을 독차지하려고 옥신각신했다. 세 소년들은 분주하고 소란스러웠다. 밤을 새울 모양으로 준비해 온 침낭을 펼치고 그 속으로 기어들어갔다. 갑자기 침낭 속에 들어갔던 한 소년이 뭔가 잊고 있었다는 듯 침낭 속을 빠져나와 가방을 뒤적거렸다.

소년은 밤하늘을 향해 우산을 펼쳐들었다. 별똥비를 맞는 노란 우산.

우와, 기다렸다는 듯이 사람들의 탄성이 들려왔다. 윤자는 그동안 버릇처럼 만지작거리던 두 개의 자석을 주머니에서 꺼내어 은해에게 내밀었다.

"진작부터 주려고 했는데, 그때 같이 골랐던 거."

은해는 자석을 받아들었다. 물끄러미 들여다보다가 윤자가 그랬던 것처럼 두 개를 붙였다 떼었다 했다. 두 자석은 어김없이 서로를 밀어냈다. 그러나 어김없이 마주 붙었다. 서로를 밀쳐내는 것과 서로를 잡아당기는 것이 동시에 일어난다. 은해는 추운 듯 무릎을 굽혀 품안으로 모두고 동그란 몸으로 윤자에게 바짝 다가가 앉았다. 자석처럼.

야아, 공원 여기저기서 다시 탄식 같은 함성이 들려왔다. 윤자와 은해는 자꾸 조금 늦게 밤하늘을 올려다보고 있었다.

별똥은 아무래도 좋았다. 윤자와 은해는 북두십성을 찾고 있었다. 제각각 딸애가 찾으려 했던, 엄마가 찾으려 했던 북두칠성 — 그 열 개의 별을 찾고 있었다. 어느 별자리는 종종 보이지 않는 작은 별들을 거느리고 있다. 그것은 하나일 수도, 둘일 수도, 셋일 수도, 얼마든지 다른 무엇일 수도 있다. 그토록 즐겁고 쓸쓸한 경우의 수. 그러나 윤자와 은해는 서로가 밤하늘의 어느 언저리를 바라보고 있었는지 결코 알지 못한다.

연못가의 소년들이 컵라면을 끓여 먹고 있었다. 라면을 한 젓가락 후루룩거리고는 김치를 집는 대신 밤하늘을 올려다본다. 빌고 싶은 소원이 많을 나이다. 별똥비를 기대하며 가져온 노란 우산, 아직 우산을 접지 않았다. 윤자와 은해는 아프게 고개를 젖히는 대신, 분주하고 소란스러운 세 소년을 바라보고 있었다. 보이지 않는 세 개의 별을 들여다보듯.

시간은 깊은 밤을 지나 이른 새벽에 가까워졌다. 윤자는 천천히 담배를 태웠고 은해는 시린 손으로 자석을 만지작거렸다.

생각보단 별로였어. 방송에선 1분에 수십 개, 수백 개 하더니만. 됐어요. 별똥이 뭐 사람 맘대로 떨어지겠어요. 잠든 두 아이를 나누어 업고 젊은 부부가 윤자와 은해 앞을 다시 지나갔다. 남편의 목에 걸린 캠코더의 렌즈는 여전히 하늘을 향해 있었다. 연못가의 세 소년들은 펼쳐놓은 침낭을 마다하고 서로에게 기대어 앉아 졸고 있었다.

윤자와 은해는 벤치에서 일어섰다.

아주 가끔 노란 우산 위로 별똥이 흘러내렸다. 윤자와 은해는 어두운 공원을 오래도록 걸으며 문득문득 하늘을 올려다보았다. 흔적 없이 사라진 별똥, 어디론가 흐르고 흘러 보이지 않는 별자리를 이룰 것이라 생각했다.

수상 소감

나는 커리어 우먼이 되고 싶었다.

노트북과 휴대폰과 자동차, 까만 정장을 입고 날렵한 뿔테 안경을 쓴 도시의 댄디 족이 내 꿈이었다.

기실 문창과에 들어간 것도 문학이 내가 바라는 커리어 우먼의 이미지에 부합되리라는 건방진 판단에서였다. 내 꿈의 댄디 족이라 함은 문학, 역사, 철학, 음악, 미술, 영화를 망라하는 교양 있는 인문주의자의 모습이기도 했으니까. 댄디 족 — 그토록 청량한 시 건방짐이라니. 누구나 한 번쯤 거쳐가는 문학소녀 시절이나, 창작한 일기로 과제물 상을 즐겨 타던 전과가 문창과를 더욱 만만하게 여기도록 만든 이유이기도 했다. 어쨌든 문학 앞에 난 그렇게 철없고 뻔뻔스러운 얼굴을 들이밀었다. 만약 끝까지 철없고 뻔뻔스러울 수 있었다면…….

아아, 미안했다. 문학에게, 그 모든 것에.

스무 살 그 시절, 내가 할 수 있는 일은 별로 없었다. 문학적인 것을 경배하거나 문학적인 것을 경멸하거나. 더럭 겁을 집어먹고 방 안에 틀어박혀 이불을 뒤집어썼고, 걷잡을 수 없는 질투심에 부스스 일어나 다시 책상 앞에 앉았다. 문창과 사 년은 길었다. 때로 의기소침했고 때로 생이 경이로웠다. 그때마다 내 안으로부터 쏟아져나왔던 황홀한 검은 꽃잎들과 고약한 물비린내. 엎드려 오정희와 최윤과 윤대녕을 베껴 쓰며 내가 눈물겹도록 가지고 싶었던 것은 겨우 유려한 손글씨체뿐이었다. 나는 미안했다.

예의 미안함이 기형적인 죄책감과 파렴치함으로 전이되고 있을 무렵, 나는 문창과를 졸업하게 되었다. 그리고 다시 커리어 우먼이 되어야겠다고 마음먹었다.

커리어 우먼. 애당초 내가 바랐던 것과는 전혀 다른 거지 같은 광고회사를 다니면서, 그래도 댄디 족의 꿈을 이루리라 짐짓 되뇌면서도, 정작 내가 정신이 팔려 있던 것은 출퇴근길에 지나치던 회사 근처의 작은 구멍가게였다. 너무나 구멍가게다웠던 구멍가게. 절묘한 배치로 쌓아올린 계란과 3분요리와 봉지빵과 팩소주 더미는 어느 하나만 잘못 건드려도 와르르 무너져내릴 것같이 위태로워 보였다. 그 구멍가게에 딸린 작고 어두운 방을 들여다보려고 나는 길게 목을 빼곤 했다. 저 구멍가게를 소설로 써야지, 구멍가게 옆 불안하게 솟아오른 저 목련나무를 소설로 써야지. 나는 주문처럼 중얼거렸다.

결국 나는 작가가 되었다. 나는 작가다, 당당하게 말하는 것에 아직은 자신이 없다. 하지만 나를 소설로 이끌던 어떤 자석 같은 힘. 그 피동형의 변명이 나를 조금은 예의 미안함에서 벗어나게 만든 것 같다. 그리고 이제 간신히 물음 하나를 가졌다. 나는 왜 작가가 되었을까. 답을 좇는 내 질문이 집요하길 바란다. 지난봄, 신변에 많은 변화가 있었다. 삶은 쓸 때만 공포스럽지 않았다.

어느 소설가의 말처럼 몇십 년씩 글을 쓴 사람이 나쁜 사람일 수는 없다고 생각한다. 아직도 근사한 뮤직 비디오의 감독이 되었으면 좋겠다고 생각할 때도 있지만, 나도 좋은 사람이 되고 싶다.

부족한 작품에 각별한 애정을 보여주신 도정일, 최인호, 임철우 세 분 선생님께 감사의 말씀을 드린다.

그리고 명지대 문창과 사람들, 미우나 고우나 그들이 나를 만들었다.

본심 심사평

도정일(문학평론가, 경희대 영문과 교수)

세상을 향해 무언가 특별히 할말이 없다면, 무언가 새로 보여주고 들려줄 것이 없다면 소설이란 것은 씌어질 이유가 없다. 아무 할말도 없이 씌어지는 소설을 우리는 '대중소설'이라 부른다. "대중소설 따로 없고 본격소설 따로 없다"라는 것은 얼치기 포스트모더니스트들이 입에 달고 다니는 진부한 사이비 진술이다. 세상을 향해 구태여 새로운 주제, 진술, 표현을 던질 필요가 없는 소비 품목으로서의 대중소설과 그런 수준에 결코 만족하지 못하는 소설 사이의 품질 구분은 없어지지 않는다. 소설은 '새로움'

의 필요성 때문에, 혹은 '새로운 경험'이 요구하는 표현의 요청 때문에 생겨나고 그 요청에 응하기 위해 지금도 존재하는 서사 형식이다.

소설이 새로운 주제, 표현, 구성의 요청에 응하려 할 때 가장 긴요하게 작용하는 것의 하나가 '질문'이다. 질문은 소설의 텍스트 표층에 명시적으로 드러나지 않으면서 서사 구성을 안내하는 감추어진 구심력이고 이야기를 추진하는 비밀스런 에너지원이다. 모든 소설은 질문을 갖고 있다. 질문 없이 소설은 씌어지지 않는다. 여타 전통 서사양식들과 소설을 갈라놓는 차이의 하나는 소설이 "질문으로부터 출발한다"는 점이다. '근대소설 1호'로 불리는 『돈 키호테』를 두고 에리히 아우어바흐는 이 흥미롭고 탁월한 소설이 불행히도 이렇다 할 진지한 질문은 던지지 않는다고 논평한 적이 있다. 그러나 새로 등장하는 근대 시간과 사라져가는 중세의 세계 사이에 놓인 『돈 키호테』에 질문이 없을 수 없다. "새로운 시간이 구세계를 접수한다는 것은 도대체 어떤 일인가?"라는 것은 그 소설의 질문이며, "그같은 변화의 시대에는 대체 어떤 일이 벌어질 수 있는가?"라는 것도 그 소설의 질문이다. 더 근본적인 질문도 있다. 돈 키호테는 끊임없이 '착각'한다. 그의 둘시네아, 그가 아름답고 품위 있는 귀부인이라 생각하는 그 둘시네아는 사실은 볼품 없는 시골 아낙이다. 그러나 그의 착각을 지적하는 산초에게 돈 키호테가 던지는 말은 엄숙하다. "둘시네아가 저 모양이 된 것은 마법 때문이다." 둘시네아의, 세계의, 변신배후에는 마왕이 있고 라만차의 '기사'인 그는 그 마왕을 쳐부수어야 한다. 세계가 마법에 걸려 모습을 바꾼 것이지 그가 착각한 것이 아니다. 그러므로 소설 『돈 키호테』를 관통하는 근본적인 질문은 "지금 세계는 마법에 걸려 있는가?"라는 것이며 소설 전편은 결국 이 질문에 대한 해답의 추구이다. "세상은 마법에 걸렸는가? 미친 쪽은 누구인가?" 작가가 되려는 이 시대의 젊은이여, 기억하라, 그리고 몸을 떨라, 으시시, 말라리아 모기떼에 세 번 물리고 나자빠진 사람처럼 최소한 사흘은 떨며 생각하라, 돈 키호테의, 세르반테스의 이 질문을!

지금의 작가 지망자들이 대체로 그런 질문 던지기에 익숙하지 않아 보이는 것은 소설의 미래를 위해 불행한 일이다. 탐구의 정신이 빠질 때 소설은 이미 소설이 아니다. 탐구를 추동하는 질문 자체는 새로운 것일 수도 있고 아닐 수도 있다. 오히려, 의미 있는 질문들은 이미 세상에 잘 알려진 오래된 질문들, 낯익은 질문들일 때가 더 많다. 오래된 질문들을 가지고 소설은 어떻게 새로운 이야기를 만들고 새로운 주제를 생산하는가? 그것이 바로 소설쓰기의 마술이다. 같은 질문에 대해 제각각, 이론상 무한수의, 다른 대답을 내고 다른 이야기를 들려줄 수 있는 것이 소설이다.

오래된 질문에 대한 새로운 대답이 소설의 주제이며 작가의 메시지이고 세계에 대한 작가의 명제이다. 이를테면 성장소설들은 "사람이 자란다는 것은 어떤 일인가?"라는 단 하나의 공통 질문들로부터 출발한다. 그러나 대답은 소설마다 다르다.

근년의 신인상 공모전 심사 때마다 내가 느끼는 것은 응모작들에 거의 '아무런' 질문(새로운 것이건 낡은 것이건)이 없고 질문이 없으매 해답도 없고 해답을 향한 결정(미결로 남길까, 해소를 보일까)의 고민도 없다는 사실이다. "내가 무엇 때문에 이걸 썼지?"라는 자기 심문도, "이걸로 독자의 시간을 요구할 수 있을까?"라는 질문도 없어 보인다. 물론 질문만으로 좋은 소설이 되는 것은 아니다. 그러나 질문이 없을 때 소설은 잘 짜여지지 않고 이야기는 동력을 상실한다. 이번 신인상 본심 심사에서 내가 맨 먼저 들이댄 것은, 그러므로, 질문의 유무라는 기준이다.

모종의 상실과 상처를 안고 사는 두 여자 이야기를 소재로 한 「기대어 앉은 오후」는 "사람들은 어떻게 상처를 처리하며 닫힌 마음들은 어떻게 다시 열리는가"라는 질문을 내장하고 있다. 소설은 질문을 보물처럼 감추어야 하며 그것의 발견은 독자의 일이게 해야 한다.

「기대어 앉은 오후」는 신도시 아파트의 같은 동에 살면서도 전혀 타인인 20대 여성과 50대 여성이 소통과 교감을 거쳐 마침내 서로를 발견하게 되는 이야기이다. 평행구조로 나란히 달리던 두 여자 이야기는 어떤 지점에서부터 만남과 교차를 거쳐 융합구조로 전환한다. 서로 타인이었던 두 여자가 서로에게 조금씩, 천천히, 마음을 열어가는 과정은 매우 흥미롭다. 두 여성에게는 각각 상처와 상실의 경험이 있다. 한 여자에게는 상처를 다스릴 삶의 어떤 예술이 필요하고 다른 한 여자에게는 상실을 이겨낼 삶의 예술이 필요하다. 이 소설은 '상처와 상실의 만남'이 어떻게 삶의 공백을 메우는 보완의 예술이 되는가를 보여준다. 무슨 깜짝 놀랄 만한 진기한 사건 소재, 엉뚱한 형식 실험, 과도한 진술 같은 것들의 선택이 줄 수 있는 과부하를 피하고 일상의 인간들 사이에서 이루어지는 존재의 감동적 친밀화를 담담하게, 비명도 아우성도 없이, 고도의 절제된 서술 스타일로 그려내고 있는 것이 이 소설의 장점이다. 두 여자를 묶어주는 신기한 보완관계를 보면서 독자는 인생살이의 숨겨진 진실 하나를 만난다. 문장들은 짧으면서도 급박하지 않고 사건 서술은 어디에서도 과도한 감정 노출을 보이지 않는다. 긴 여운을 남기는 암시적 에피소드들도 매우 인상적이다. 특히, 젊은 여자 은해가 아버지의 장갑으로 자신의 처녀성을 훼손하는 상징적 헌신의 장면은 이 소설에 큰 무게를 얹어준다. 욕심을 내자면 이런저런 흠들이 없지 않지만, 나는 우선 이 신진작가의 출발을 축하하기 위해 그의 등부터 떠밀어주고자 한다.

최인호(소설가)

「기대어 앉은 오후」는 요즘 젊은 작가들의 특성인 영상적인 표현력, 감각적인 문체, 또한 유행이라고 할 수 있는 여성의 내면 심리를 섬세하게 그려낸 이른바 신세대 소설임에는 틀림이 없다.

딸을 잃어버린 중년 여인 윤자와 젊은 여인 은해라는, 각각 세대가 다른 여성을 대비시키면서, 때로는 우연히 만나기도 하고 때로는 서로 부딪치면서 도시적인 백화점 공간 속에서 소외되고 고독한 두 여인의 심리 상태를 작가 특유의 필치로 섬세하게 그려나가고 있다.

특히 포르노 영화의 신음 소리를 내며 더빙하는 젊은 여인 은해가 사랑하지도 않는 수영강사와 식물인간과 같은 정사를 나눌 때 TV에서 자신이 녹음한 포르노 영화가 나오는 대비 같은 것은 작가의 독특한 시각을 보여준다. 또한 폐경기를 앞둔 중년 여인 윤자, 일상생활에서의 일탈을 꿈꾸며 높이뛰기의 비월을 상상하며 백화점 스포츠센터에서 수영을 하는, 윤자의 죄의식 없는 도벽 행위 같은 것은 소설에서도 나오듯 사막으로 변해가는 도시의 공간 속에서 자기들만의 '룩셈부르크 공원' 속에서 별똥별의 우주 쇼를 나란히 바라보는 모습에서 절정을 이룬다.

그러나 이 소설에도 약점이 없는 것은 아니다.

우선 이 작가는 시제가 모호하다는 약점이 있다. 아마도 호흡이 짧기 때문이라고 생각된다. 이 작가가 장거리를 수영하는 생명이 긴 수영 선수가 되기 위해서는 물 속에서 오래 숨을 참아내는 훈련을 쌓아가듯이 작중인물들의 성격을 물고늘어지는 집요함을 길러야 할 것이다. 또한 이 작가에게 있어 사랑이라든지 성(性)이라든지 소외감 같은 중요한 소설의 테마는 지나치게 영상적이어서 대부분 자신의 치열한 산물이라기보다는 비디오로 빌려 본 영화의 어떤 멋진 장면을 흉내내어놓은 것처럼, 절실함이 엿보이지 않는 점 역시 큰 약점이라고 할 수 있다. 그것은 어쩌면 이 소설을 쓴 작가가 사회생활 경험도 부족하고 사회생활의 테크닉 같은 것에 실제로 서투른 젊은이이기 때문인지도 모른다.

아무튼 「기대어 앉은 오후」를 당선작으로 상재한다. 이 작품은 그럴 만한 충분한 장점을 가지고 있으므로, 감히 부탁한다면 목숨을 걸고 쓰는 절대적 의지를 갖고 앞으로 창작에 임해주기를 진심으로 바랄 뿐이다.

신인작가는 낡은 문단에 대한 새로운 피의 수혈이다. 낡은 작가들을 한꺼번에 쓸어버릴 만큼의 열정과 재능을 지닌 젊은 피의 작가로 이 작가가 성장해주기를 나는 숨죽여 지켜볼 것이다.

임철우(소설가, 한신대 문창과 교수)

갑수록 소설이 가벼워지고 있다고 흔히들 우려하는데, 그것이 반드시 사회나 역사 혹은 그럴듯하고 심오한 철학적 주제 따위를 담아야 한다는 말은 아닐 것이다. 어떠한 소재와 주제를 택하건 간에, 소설은 모름지기 인간의 보편적 삶과 인간성에 대한 진지하고 깊은 통찰력, 그리고 그를 소설이라는 형식 안에 담아내기까지의 철저한 작가정신을 바탕으로 해야만 한다는 얘기이다.

모든 것이 가벼워지는 세상에서, 소설 또한 그 가벼워진 현실의 삶을 얼마든지 가벼운 형식으로 담아낼 수야 있겠지만, 그렇다고 그를 읽어내고 증언해야 할 작가의 시선까지 함께 가벼워져서는 안 될 것이기 때문이다.

「기대어 앉은 오후」는 일단 두 여자의 이야기를 소설의 틀 안에서 무난하게 소화해냈다는 점에서 점수를 받았다. 그럼에도, 시종 영화적 수법을 통한 '시각적으로 보여주기'에 치우친 점이라든지, 별똥별, 수영장과 물, 백화점 쇼핑과 도벽 등 일견 도식화된 상징적 패턴들을 정교하게 모자이크해놓은 듯한 작위적인 구성, 그리고 세밀한 시각적 묘사가 뛰어난 반면에 인물들 내면의 미묘하고도 복합적인 심층을 충분히 설득력 있게 그려내지 못했다는 점은 여전히 아쉬움으로 남는다. 그러나 황폐한 우리들 생의 골목과 골목, 거기 어디서나 마주치게 되는 무수한 '관계의 우연성' 속에서, 상처받은 익명의 존재들간의 소통은 과연 가능한가라는 작가의 조심스런 질문은 무척 인상적이다.

　당선자에게 축하를 보내며, 건투를 바란다.

＊ 편집자 주　여기에 실린 본심 심사평은 심사평 전문 중에서 수상작 「기대어 앉은 오후」에 관한 부분만을 발췌수록한 것입니다. 전문은 계간 『문학동네』 '99 가을호에 실려 있습니다.

소설, 혹은 애매성의 옹호

황종연(문학평론가, 동국대 국문과 교수)

　이신조씨의 소설 「기대어 앉은 오후」의 중심에는 어느 신도시
의 백화점이 있다. 자갈밭 한가운데 우뚝 솟아올라 있는 'P 백화
점'. "어디를 둘러보아도 붉고 아득한 지평선뿐인 (……) 황무
지"에서 백화점은 청동마차상과 분수형 네온 등불을 거느리고
"거대한 성"처럼 위용을 자랑한다. 어느 재벌 그룹이 운영하는
그 백화점은 온갖 화려한 삶의 품목을 그득히 품고 있다. 그곳은
언제나 '축제'다. 아득히 펼쳐진 황무지 한복판에 기괴하게 솟아
오른 축제의 성. 이 백화점의 이미지는 물론 대중소비문화가 지
배하는 이 시대의 생활을 떠올리게 한다. 대중소비사회에서 상품
은 단순히 필요의 충족을 보장함으로써가 아니라 남다른 행복과

위신을 약속함으로써 사람들을 유혹한다. 뭔가 다른 인생, 일상이 아닌 '축제' 같은 인생은 소비문화에 길들여진 사람들의 상습화된 환상이다. 이신조씨는 대중소비문화가 중심을 이루는 현대의 일상을 세밀하게 그리고 있을 뿐만 아니라 소비사회적 인간의 심리도 명확하게 포착하고 있다. 그 차이의 환상, 작가 자신의 반복되는 표현을 빌리면, '특별한' 삶의 환상에 대한 관찰은 「기대어 앉은 오후」에서 눈길을 끄는 대목이다. 소비사회의 삶에 대한 이러한 감각은 이신조씨가 확실히 새로운 세대에 속한다는 것을 알려준다.

"백화점은 나에겐 익숙한 세계다. 선배 작가들의 '농촌'이나 '도시 변두리'처럼. 나는 산업화의 과정을 눈으로 확인한 세대는 아니다. 이미 완성된 형태의 소비사회에서 자랐고 그 소비사회에서 여전히 살고 있다. 소재주의로서가 아닌 '익숙한 것'으로서 백화점 같은 소비사회의 모습을 소설 속에 담게 된다.

소설 앞부분에 언급한 것처럼 쇼핑은 원시 시대의 수렵채집을 떠올리게 한다. 쇼핑이 목숨을 걸고 하는 사냥이 아님에도 백화점 속의 사람들은 엄숙하고 진지하기 이를 데 없다. 휴일이나 바겐 세일 때면 온 가족이 조금 더 싸고 좋은 물건을 찾아 할인매장으로 달려간다. 소비문화는 우리 시대의 사람들을 이해하는 데

아주 중요한 일이라고 생각한다. 그 누구도 대중소비문화에서 자유롭지 못하다. 특별한 뭔가가 되기 위해 사람들은 물건을 사지만 그 욕망은 쉽게 충족되지 않는다. 소비문화 속의 인간은 자기 나름의 개성을 추구하는 것 같아 보인다. 그러나 브랜드나 이미지가 만들어낸 일률적인 욕망을 추구하고 있을 뿐이다. 물론 대중소비문화를 사회학적으로만 이해하고 싶은 생각은 없다. 다만 사람들을 사로잡는 특별한 삶이라는 것이 사람들을 얼마나 자유롭지 못하게 하는가를 말하고 싶었다."

「기대어 앉은 오후」에서 은해는 그녀의 이름을 정확히 불러준, 그래서 그녀와 다른 사람의 차이를 명확히 해준 남자에게 사랑을 느낀다. 그녀의 사랑은 그녀 스스로 말하듯이 특별해지고 싶다는 욕망과 다르지 않다. 그러나 그 남자와의 사랑에 대한 기대가 어이없게 끝나자 그녀는 자기 자신을 학대하듯 방치하여 조금도 특별하지 않은 자신과 대면한다. 은해는 특별한 삶에 대한 기대 속에 자리잡은 환상과 그 환상의 애처로운 소멸을 예시하는 인물이다. 그러나 은해의 이야기를 허영의 비극이라고 말하기는 어렵다. 이야기의 초점은 그 환상 자체의 도덕적 결함보다는 환상에 빠지기 쉬운 결핍 많은 인간에게 맞추어져 있기 때문이다. 은해는 아버지가 누구인지 확실치 않은 출생의 비밀과 자아를 존중받지 못한 괴로운 기억을 갖고 있으며, 호출기 회사에서 메신저로 일하며 달라질 희망이라곤 거의 없는 인생을 하루하루 살고 있다. 청계천에서 음란 테이프의 목소리를 더빙한다거나 백화점의 상품을 둘러보며 화려한 생활에 대한 공상을 한다거나 하는 행동은 그녀의 존재를 규정하는 평범함을 한층 두드러지게 해줄 따름이다. 그래서 은해가 처한 애처로운 정황은 허영의 재앙에 대한 각성이 아니라 볼품 없는 개인에 대한 연민으로 독자를 유도한다.

"은해를 통해서 요즘을 살아가는 지극히 평범한 젊은 여성을 그려보고 싶었다. 비단 소설뿐만이 아니라 최근의 드라마나 영화에서도 젊은 여성이 등장한다고 하면, 고등교육을 받고, 전문직업을 가졌으며, 성취 욕구나 자기 주장이 강한 식으로 인물이 설정된다. 그러나 내 또래의 여자들 중에도 소위 '현대 여성'의 이미지에 전혀 부합되지 않는 여자들이 의외로 많다. 남 앞에 나서거나 튀고 싶어하지 않는 여자들, 집에 돌아와 책을 읽기보다는 토크쇼를 보고 잠이 드는 여자들, 직장에 다니다 좋은 남자를 만나 결혼을 하는 게 지상목표인 여자들, 그저 낭만적인 가정의 행복을 막연히 꿈꾸는 여자들 말이다. 짧은 직장생활을 하면서 대학 시절에 만난 친구들이 내 또래 여자의 전부가 아니라는 걸 새삼스레 알게 되었다. 고등교육을 받고 소위 '현대 여성'을 추구하는 여자들의 입장에서 본다면 그런 여자들의 세계를 이해할 수 없을 것이다. 그러나 그 이해할 수 없는 세계. 나는 그 세계를 이야기하고 싶었다. 그 나름의 세계를 구성하는 사소함과 하찮음이 정말 사소하고 하찮은 것에 불과한가 묻고 싶었다. 특별할 것 없는 젊은 여성의 평범한 삶. 그 삶을 구성하는 복잡하고 미묘한 질서를 그려보고자 했다."

어떤 점에서 은해는 어리석고 따분한 인물이지만 은해를 묘사하는 방식은 상당히 따뜻하다. 은해를 묘사하는 방식만이 아니다. 인간을 대하는 방식 자체가 근본적으로 따뜻하다. 소설에서 은해에 못지않은 비중을 차지하는 윤자라는 중년 여자는 그 작가— 서술자의 애정 어린 태도를 대변하는 듯한 인물이다. 윤자는 은해와 비슷한 성격의 딸을 잃었다. 딸을 잃은 충격의 여파로 윤자는 타성화된 일상에서 벗어나 자신과 가족과 인생을 다시 생각한다. 윤자에게는 은해가 보여주는 것과 같은 입체적 성격이 없는 반면에, 상실의 아픔이 가져다 준 너그러운 모성이 있다. 은해에 대한 윤자의 반응은 요란하지 않은 가운데에도 여성의 위험한 젊음을 이해하는 중년 여자의 따뜻함을 싣고 있다.

"윤자 역시 일반적이고 평범한 사오십대 중년 여성을 크게 벗어나지 않는 인물이다. 너무 모성성에 치우친 인물이라는 지적을 받았지만, 내가 관심을 가지고 있었던 것은 제3의 성이라고까지 일컬어지는 소위 '아줌마'들에 대한 편견이었다. 한국 사회의 중년 여성들은 다른 어떤 세대보다 심한 선입견에 둘러싸여 있다. 그들은 파렴치하고, 탐욕스럽고, 시대에 뒤처지고, 세상과의 소통이 불가능하다 여겨진다. 그런 오해들 속에서 상대적으로 그들이 내세울 수 있는 자아란 '어머니로서의 여자'가 아닐까. 나는 윤자가 파렴치하고 탐욕스러운 아줌마라기보다는 허무와 상실감에 빠져 있는 한 여성, 그러면서도 어머니의 다감함으로 인간을 이해하는 데 더 깊이 있는 존재이기를 바랐다. 젊은 여자가 세상을 대하는 방식과 중년 여자가 세상을 대하는 방식은 다르다. 아무런 공통점도 찾을 수 없는 다른 세대의 여자들이 소통하고 교류할 수 있다는 가능성을 보여주고 싶었다. 그러나 어머니가 되어보지 못한 내가 어머니로서의 윤자를 형상화하는 일이 그렇게 쉬운 것만은 아니었다."

「기대어 앉은 오후」는 은해의 행동과 윤자의 행동을 번갈아 가며 제시한다. 은해와 윤자는 백화점 수영장에서 우연히 만난 이후 서로 의식하고 관찰하는 관계로 발전하다가 끝에 가서는 교감이 깊어져 모녀간과도 흡사한 사이가 된다. 아파트 주민으로서, 백화점 고객으로서 서로 스치고 지나가는 수많은 도시 사람들에 속하는 두 여자가 서로를 진심으로 받아들이는 관계에 다다른다는 이야기는 이채로운 데가 있다. 그들 관계의 발전은 조금 깊이 들여다보면 그들 자신이 공유하고 있는 여성 특유의 경험에 크게 의존하고 있다. 소설에서는 '하혈'이 여러 번 중요하게 언급되고 있지만 그들의 관계는 여성 공동의 경험이나 의식에서 가능해지는 인간 제휴의 한 형태라는 성격을 뚜렷이 지니고 있다. 그것은 페미니스트나 레즈비언 비평가들이 말하는 여성의 '동성 사회적 연대'를 연상시킨다. 하지만 소설의 관점에서 보자면 은해와 윤자의 관계를 납득시키기에는 스토리 구성이 다소 허술한 것 같다.

"나는 감히 살아가는 것을 생각할 때, 파이나 페스츄리 빵의 얇은 '켜'들을 떠올린다. 두께를 잴 수 없을 정도로 얇고, 쉽게 바스라져버릴 것 같은 하나하나의 사소함이 수없이 쌓여, 가볍지만은 않은 삶의 무게를 이룬다고 생각한다. 그 복잡함과 미묘함. 삶은 한 여인이 실연의 아픔으로 자살했습니다, 라는 간단명료한 기사문으로는 설명되어질 수 없다. 이 소설에서 내가 가장 고민한 문제는 인간과 인간이 관계를 맺는다는 것은 어떻게 가능한 것인가 하는 문제였다. 그 역시도 우연하고 덧없는 사소함의 '켜'들로 시작된다고 믿었다. 사람들은 각자의 의도에 상관없이 영향을 주고받으며 예기치 못한 우연 속에서 관계를 만들어나간다. 상추쌈을 먹지 않는 식성이 누군가에게는 그 사람의 다른 어떤 공인된 행동보다 깊은 인상을 심어줄 수 있다. 나아가 영향을 미칠 수 있다. '북두십성'이란 소재를 등장시킨 것도 그러한 이유에서이다. 북두칠성은 북두칠성인가, 북두십성인가. 칠성일 수도 십성일 수도 또는 다른 것일 수도 있다. 명확하고 인위적인 고정관념에 새로운 관계가 싹틀 유연성이나, 변화의 가능성은 존재하지 않는다."

「기대어 앉은 오후」는 어떤 주장이나 신념을 가진 소설은 아니다. 세계를 자기 나름의 형식으로 장악하겠다는 의지보다는 경험의 진실을 겸손하게 수용하려는 자세가 앞서 있다. 이신조씨가 특히 민감하게 대응하는 것은 삶을 구성하는 모호하고 유동적이고 다의적인 경험에 대해서이다. 애매성의 옹호라고 부를 만한 특징은 이신조씨의 작품 자체에서도 확인된다. 이신조씨가 빚어낸 이런저런 이미지들은 경험적 현실에 내재하는 어떤 이성의 움직임을 가리키는 대신에 그 현실 배후에 감추어진 곤혹스러운 애매성을 환기시킨다. 언어나 주제에 있어서 이신조씨의 소설은 여성 소설의 관습에서 크게 벗어나 있지 않다. 오히려 여성 작가의 전통적 덕목을 좀더 예각화한 측면이 있다. 대상과 공명하는 섬세한 감성, 경험의 다의성에 대한 관용, 여성적 모럴의 미학화—이것은 「기대어 앉은 오후」의 주요 자질이기도 하다. 이신조씨는 데뷔작에서 이미 여성 소설의 세련된 수준에 도달했다. 작가로서 이신조씨의 미래는 이제 그것을 어떻게 넘어서느냐에 달려 있을지 모른다.

"습작기를 거치면서 이미 '섬세한' '여성적'이란 수식어를 많이 들어왔다. 한때는 그것을 고치려고 노력했다. 그러나 지금은 내가 가진 섬세함이나 여성적인 특징이 소설에 약점이 된다고는 생각하지 않는다. 앞서도 말했지만 내가 관심을 가지고 있는 것은 삶의 복잡 미묘함이다. 그러한 것에 관심을 가지게 된 것은 역설적이게도 명료하고 뚜렷한 것을 좇는 나의 선천적인 기질을 경계하게 되고부터이다. 아직은 섬세함이나 여성적인 특징으로 전통적인 여성 소설을 쓰고 있다는 걸 부인할 생각은 없다. 그러나 삶을 구성하는 모호하고 다의적인 진실, 그것에 다가가고자 하는 방법으로서의 섬세함과 여성적인 특징에 '여성 소설'이란 한계를 그어주고 싶진 않다.

또하나, 나는 어려서 내가 세상에 없던 새로운 첨단의 직업을 갖게 될 줄 알았다. 그러나 나는 소설가라는, '이야기를 만드는' 아주 오래된 직업을 갖게 되었다. 오래된 직업을 갖게 된 이상, 이야기를 만든다는 것에 대해 오래도록 생각해볼 작정이다."

문학동네 장편소설

기대어 앉은 오후
ⓒ 이신조 1999

| 1판 1쇄 | 1999년 9월 6일 |
| 1판 3쇄 | 2009년 9월 15일 |

지 은 이	이신조
펴 낸 이	강병선
펴 낸 곳	(주)문학동네
출판등록	1993년 10월 22일 제406-2003-000045호

주 소	413-756 경기도 파주시 교하읍 문발리 파주출판도시 513-8
전자우편	editor@munhak.com
전화번호	031) 955-8888
팩 스	031) 955-8855

ISBN 89-8281-212-1 03810

www.munhak.com